30 secondes

Du même auteur

Répercussions (IS Edition, 2016)

L'Inconnue de l'équation (Taurnada Éd., 2019)

Némésis (Taurnada Éd., 2020)

Xavier Massé

30 secondes

Taurnada Éditions

Avertissement

Les opinions exprimées par les personnages de ce roman leur appartiennent, elles ne sont nullement le reflet de celles de l'auteur. Ce texte est une fiction, toute ressemblance avec des personnes ou des organismes existants relèverait de la pure coïncidence.

Images couverture : © Shutterstock / Samo Trebizan - Pixabay / TheDetonator

ISBN : 978-2-37258-098-4

ISSN : 2276-0717

Peu importe sa forme,
l'amour est éternel...

Prologue

Bank of American Stadium, Charlotte, finale universitaire entre les Panthers de la Caroline et les Eagles de Philadelphie, 22 h 05.

« Écoutez-moi ! C'est maintenant ou jamais ! On ne va pas se dégonfler ! On va se la jouer comme ça ! »

Je lève légèrement la tête et regarde le public. Durant ce laps de temps, j'entends cette musique qui nous transcende. « ... *You've been Thunderstruck*... »

Le son de cette guitare résonne à fond et la foule est hystérique… et nous aussi. Je respire mal. Je retire mon casque et gonfle mes poumons. Je n'arrive plus à me concentrer. Je n'écoute plus rien.

« O.K., les gars, on part là-dessus ! Billy… c'est bon, c'est bon pour toi ? Billy ? BILLY !!! »

Jimmy me saisit brusquement par le bras.

« Putain, Billy, t'as entendu ce que je viens de te dire ?!

– Oui… Oui !

– Billy, on se la joue en 39-24… C'est bon ? »

On entend mal, la musique et le bruit de la foule me broient le crâne. J'acquiesce d'un signe de la tête pour dire que tout est O.K.

« Allez ! On y va, c'est maintenant, les gars !! »

Je remets mon casque, et Tommy, juste avant de nous séparer, me tape dessus. Comme d'habitude, nos coutumes de bourrins. On se redresse de notre cercle de confiance et on va se positionner.

Le refrain d'AC/DC est à son apogée. Nous sommes tous galvanisés et gonflés à bloc, dopés à la testostérone.

30 secondes...

35 yards. C'est tout ce qu'il nous reste. C'est tout ce qu'il *me* reste...

J'inspire profondément, plusieurs fois. Sous cette visière, j'ai la sensation d'étouffer.

Nous nous mettons en place. Je regarde à gauche, puis à droite. Je connais ce moment-là : on entend la foule hurler, l'adrénaline circule dans notre corps comme le sang dans nos veines. Mais aujourd'hui n'est pas un jour comme les autres. J'ai chaud, mon plastron me compresse fortement. J'essaie de le desserrer en passant ma main dans mon cou. Mais c'est illusoire.

Trente secondes, c'est quoi dans une vie ?

Je recule de 5 yards et me positionne sur la ligne des 40. Après plus de trois heures de jeu, mes muscles sont saturés d'acide lactique. La combinaison tourne en boucle dans ma tête. On l'a répétée maintes et maintes fois. Je la connais par cœur. J'entends le premier appel...

« Trente-neuuuuff ! »

Jimmy a hurlé pour se faire entendre.

Je souffle un bon coup tout en fermant les yeux afin de faire le vide dans mon esprit.

Devant Jimmy se tiennent Ted Michigan et Harry Lucas, deux golgoths prêts à me choper et à me plier en deux.

Je souffle... et me répète cette même phrase :

Tu es le meilleur running back *de la terre... tu es le meilleur* running back *de la terre... allez, Billy... vas-y, tu vas y arriver !*

« Vingt-quatre ! »

Deuxième appel de Jimmy.

Mon pouls s'accélère, ma respiration se fait de plus en plus forte. Je me fléchis légèrement. Mes appuis sont fermes. Je suis prêt à partir. Je relève un peu la tête et jette un coup d'œil à la foule.

« … Panthers ! Panthers ! Panthers !… »

Elle est en transe.

Je ferme de nouveau les yeux et me concentre. Mon cœur bat de plus en plus vite. Il ne reste plus que quelques fractions de seconde avant le dernier acte.

« … Panthers ! Panthers ! Panthers !… »

*

« … C'est incroyable, quelle finale, mais quelle finale ! Écoutez et regardez ce public en délire ! Je ne sais pas vous, Ronald, mais moi, je me régale. Si un jour on m'avait dit que l'équipe de notre magnifique ville de Charlotte, de l'État de Caroline du Nord serait en finale… Je vous rappelle que la saison a été compliquée pour les Panthers : malgré un excellent recrutement, le démarrage a été difficile, tant au niveau sportif que médiatique. Quand on voit le jeune Billy, en fin de contrat universitaire, à la limite de passer pro, aujourd'hui aux portes de remporter ce trophée prestigieux alors qu'il n'y pas si longtemps, il était incertain de jouer, pris en grippe par la justice et les médias pour certaines affaires… Il est là, il participe à cette finale ! C'est la nouvelle pépite de notre football !

– En effet, Ryan, c'est un dimanche qui restera dans les annales. Menés de 15 points au premier quart-temps, les Panthers n'ont rien lâché et n'ont plus que 3 points de retard grâce à ce jeune Billy. Il ne leur reste que 30 secondes pour créer l'exploit. Je ne sais pas quelle tactique ils vont déployer, mais le coach Carten est un homme plein de malice. Va-t-il jouer de stratégie ou tout simplement faire confiance à ses

joueurs phares ? Tel que, comme vous le dites si bien, Ronald, le jeune Billy et ses jambes de feu !... »

*

Sous mes gants, je sens mes mains moites. Je transpire. Je sais que mes jambes peuvent se mettre à trembler à tout moment. Je prends une immense inspiration et retrouve mes esprits.

Puis j'ouvre les yeux.

« Trente-neuuuuufffff ! »

Dernier appel…

Je penche mon corps en avant, prêt à bondir, prêt à partir.

« Gooooo ! »

Et à ce moment précis, soudainement, on n'entend plus rien dans le stade. On ne discerne plus la foule. On ne perçoit plus les cris. On ne voit que les joueurs qui sont autour de nous. Les premiers plaquages des stoppeurs sont comme des bruits de tonnerre. Les plastrons s'écrasent au contact des corps comme une voiture se faisant broyer. Nos coéquipiers se font fracasser par des gars de plus de cent trente kilos pour nous permettre de passer.

28 secondes...

Jimmy a reculé de 3 yards et feinte. Je vois son bras droit se tendre dans ma direction. Je me dirige vers lui en essayant de me camoufler derrière. Je me saisis du ballon. Avec ma main, je le bloque sous mes côtes. À cet instant, on est comme dans un film au ralenti. On lève les yeux et on observe la situation. On n'a que quelques centièmes de seconde pour prendre notre décision. Et c'est là qu'on voit la brèche qui s'ouvre devant nous.

Et le film repart à vitesse réelle : je feinte à gauche et pars à droite.

26 secondes…

33 yards. Mes deux gardes, Mick et Tod, se placent devant moi et me font le couloir. Je perce derrière eux.

28 yards. Ils se mettent en opposition face aux numéros 84 et 88. J'accélère et transperce la défense. J'ai juste le temps d'entendre Mick crier sous l'écrasement de ce numéro 84. J'ai du mal à respirer. Je n'ai plus de forces.

20 secondes…

25 yards. Sur ma gauche, Nolan se sacrifie devant le numéro 25 de l'équipe des Eagles. Sous le choc, j'entends le bruit sourd du craquement de ses épaulières.

Soudain, à droite, je vois ce défenseur ! Je fais comme un petit saut de haies. J'esquive ses mains juste à temps, elles frôlent mon pied. Je suis déséquilibré, mais je reste debout et serre ce ballon de toutes mes forces. Je me rattrape comme je peux et continue.

15 secondes…

21 yards. Je suis lancé, ma course a été ralentie, mais je tente d'accélérer. Je n'ai plus personne devant moi. Par instinct, je souris. Le champ est libre.

13 secondes…

J'entends la foule de nouveau, criant, hurlant, jouant d'exaltation sur ce qui va se passer dans les prochaines secondes.

17 yards : tout le monde retient son souffle… De mon côté, je sais que c'est gagné ! Impossible de m'arrêter. Je suis lancé à plus de vingt-cinq kilomètres-heure.

À cette vitesse, et vu la distance qu'il me reste à parcourir, la seule possibilité d'être stoppé, c'est le choc frontal.

Au football américain, du moment qu'on possède le ballon, on peut se faire rattraper de n'importe quel côté. Lors d'un sprint, dans la majorité des cas, un coureur regarde droit devant lui. Mais au football, on doit avoir les yeux dans le dos, car on n'est jamais certain que le danger ne viendra pas de là.

Rony McCall, numéro 82 de l'équipe adverse. Défenseur principal des Eagles. Un mètre quatre-vingt-quinze pour cent dix kilos. Il est entré sur le terrain depuis peu à la suite d'une blessure d'un de ses coéquipiers. Il s'est aligné sur ma course. Il débarque sur moi à pleine vitesse. Au jugé, il doit être aux environs des vingt kilomètres-heure.

Lorsqu'on débute au football, on nous apprend à tomber au sol juste avant de se faire percuter, ce qui permet d'éviter de se blesser bêtement. Mais pas que. On nous apprend aussi quelques notions de physique. Pour la simple et bonne raison qu'un choc pris en pleine face se formalise par une force. Une unité de mesure qui se détermine en newton. Le concept à connaître est celui de l'énergie cinétique, celle que possède un corps en mouvement en fonction de sa vitesse et de sa masse.

En somme, si on se fait percuter par un homme de cent dix kilos à une vitesse de vingt-cinq kilomètres-heure, l'impact sur notre corps se situe autour des deux mille cinq cents newtons. Et à partir de là, la conversion est simple. Dans mon cas, je sais que si Rony McCall me percute en pleine face, notre force d'impact sera de plus de cinq mille newtons… soit plus de cinq cents kilos.

9 secondes…

15 yards. Pas le temps de cogiter. Je sais ce qu'il me reste à faire. À cette vitesse, même sous le choc, normalement, c'est le *touchdown*.

6 secondes…

10 yards…

Il faut le faire. Alors, je continue ma course effrénée, ferme les yeux et prie…

5 secondes...
7 yards…

Impact !

1

« Je ne sens plus son rythme !

– Injection d'une dose d'adrénaline ! Allez, allez ! Plus vite !

– Alors ?

– Toujours rien ! Continuez de masser !

– Reculez-vous, on envoie à 150 ! Attention... Chargez... On dégage !

– Alors ?

– On n'a rien ! Aucun signal ! Chargez à 200 ! On ne lâche pas le massage, allez, les gars...

– C'est prêt ? Allez, c'est trop long, bon sang !

– Ça charge...

– Toujours pas de signal !!

– C'est bon, c'est chargé, go ! Go !

– Attention, reculez ! »

*

… Je me redresse brutalement, dégoulinant de sueur.

Ma respiration est saccadée… l'impression d'avoir été privé d'air pendant quelques secondes, comme une noyade dans le néant…

J'arrive enfin à reprendre mon souffle, à le réguler… Je regarde à droite puis à gauche sans trop savoir où je suis. J'ai la tête lourde…

Encore un cauchemar, certainement.

Tout doucement, mon rythme cardiaque redescend. Je me presse les yeux pour me réveiller. Sur ma gauche, le lit est vide ; Tina doit déjà être en bas. Je tente de me rappeler la soirée d'hier, mais rien à faire, je ne m'en souviens pas. Et pour cause… Au sol, gisant sur la moquette, un cadavre de bouteille. Souvenir que j'ai dû ramener, encore, d'une de mes soirées… j'ai de nouveau dérapé.

Je finis par pousser un soupir de désespoir et de désolation. Assis sur mon lit, je mets mes deux mains sur la tête. Lentement, je les fais glisser le long de mon visage, étirant ma peau sale et graisseuse imbibée de toutes les toxines du monde de la nuit. Bref coup d'œil sur la table de chevet : un verre à moitié plein, de whisky je suppose, repose sur un journal de la veille. J'en fais la une. Je lis quelques lignes en diagonale, avec en titre :

Billy Wake, l'enfant terrible du football

… De boire aux déboires, le jeune Billy Wake continue sa descente aux enfers : retrouvé ivre mort, il a été interpellé par la police et mis en cellule de dégrisement… déjà condamné à multiples reprises pour ivresse sur la voie publique, insultes, agressions… on ne compte plus les mauvais trophées de ce jeune prodige du foot…

En lisant ça, je lâche un autre soupir de désespoir : *Et merde…*

Je regarde ma montre : 10 h 15. Aucune idée de l'heure à laquelle je me suis couché, ni surtout d'où j'ai passé la nuit. Tina doit être furieuse. Je tente de me relever, mais mes douleurs sont comme une sonnette d'alarme.

Je pousse un cri. Je me tiens les côtes. Sans hésiter, j'ouvre le tiroir et prends des antidouleurs. Les derniers de la boîte. J'avale la double dose. J'ingurgite le restant de whisky. Mon œsophage est comme brûlé à vif par cette lampée. En reposant la boîte, je remarque au sol une carte de visite au nom de Richard McCarty et d'autres journaux. On peut lire en gros titre :

Le drame pour le jeune Billy Wake
des Panthers de Charlotte

Je me frotte de nouveau les côtes, c'est comme si je pouvais ressentir les choses. Comme si c'était hier. Au passage, je tends ma jambe et me touche le genou. Je le plie plusieurs fois pour vérifier comment il se comporte. Ça craque de partout. Je lève les bras au ciel comme un chat qui s'étire et mon épaule me renvoie des décharges électriques.

C'est affreux ! Je ne supporte plus ces douleurs. Involontairement, j'ai des flashs. J'entends encore le bruit de cette foule… les appels du quarterback… et vois ces 7 yards restants. Comme au ralenti, j'entends mes pas sur le gazon, mon cœur battre, et mon souffle résonner dans mon casque…

Je me frotte de nouveau le visage. Puis ma poitrine, qui me fait mal. Je grince des dents. Je prends une nouvelle inspiration. Je sors du lit comme un vieux.

Je traîne les pieds jusqu'à la salle de bains. Le néon grésille et sa lumière est un calvaire pour mes rétines. Aveuglé, je ne supporte pas cet éclairage. Je fronce les yeux.

Je me passe de l'eau fraîche sur le visage. Elle ruisselle sur ma peau. J'ai une sensation étrange. Je fais quelques mouvements de mâchoire, histoire de me débrider. Mais rien n'y fait : je ne ressens pas cette impression de froid. Je suis comme ankylosé de la face. Je dois en avoir pris une sévère, hier !

Après m'être redressé et séché, je me regarde dans le miroir. Bizarrement, il est couvert de buée et je ne me reconnais pas. Je prends une serviette pour essuyer cette glace quand, soudain, j'entends du bruit en bas dans la cuisine. *Tina !* Je m'habille à l'arrache et débarque en courant.

Elle est là, dos à moi, en train de préparer du café dans une tasse. Je sens l'ambiance très lourde entre nous. Elle ne parle pas. M'a-t-elle entendu ? Je me fais tout petit.

Je la regarde de dos. Et une nouvelle fois, je me demande ce qu'elle fait encore avec moi. Tina est la femme de ma vie. Elle l'a toujours été. Elle est d'origine italienne. Je la taquine sans cesse avec ça et son caractère bien trempé.

À mes yeux, Tina est une bombe. Grande, mince, une paire de seins à en faire chavirer plus d'un. Une brune à l'état pur. Quant à moi, je suis devenu une loque. Un sportif recyclé… passant ses soirées à boire et à jouer. Il faut que j'arrête, sinon, je vais vraiment finir par la perdre.

Je pousse une sorte de grognement, comme un raclement de gorge, histoire de lui signaler ma présence. En faisant ça, je sens mon haleine. C'est affreux.

Tina n'a pas bronché. Je pense que j'ai fait le con. Peut-être une fois de trop.

« Ça va ? » tenté-je de lui dire. « Euh, tu sais, je suis désolé pour hier… »

Tina tourne légèrement la tête sur le côté. Je ne sais pas si elle désire me regarder. Elle ne bouge plus et semble attendre que je continue mon discours, certainement des plus pourris.

« Euuuuh, en fait, hier… beccenn… »

Je ne me souviens même pas de ce que j'ai fait, je n'ai rien à lui dire.

Elle jette un coup d'œil à sa montre :

« Et mince… je suis en retard ! »

Elle s'empresse de prendre son sac et ses affaires. Elle ne daigne pas me regarder et passe devant moi en tournant la tête.

« Attends, Tina ! Attends-moi ! Je vais t'emmener et je viendrai te chercher. »

Elle sort rapidement en claquant la porte. Tout en essayant de rester debout, j'enfile mes baskets tant bien que mal et sors moi aussi. Tina va monter dans la voiture.

« Attends ! Tina, attends-moi ! »

Elle ne dit toujours rien et semble me faire la tronche. Je tente d'adoucir la situation en faisant de l'humour.

« Bon, O.K… Je sens que tu as envie de conduire, vas-y, c'est très bien, il faut pratiquer des heures avant de pouvoir passer son permis ! »

Elle entre dans le véhicule et claque la portière.

« Noooon ! Mais, Tina, je déconne, bon sang ! Allez, arrête ! crié-je en m'asseyant à côté d'elle. Bon, je t'accompagne et je garde la caisse. Et ce soir, si tu veux, je t'emmène dans un petit resto sympa. On sera tous les deux, et rien que nous deux. Je te jure que je saurai me faire pardonner ! »

Tina allume le poste et met son CD préféré : Chris Isaak, *Wicked Game*. Elle pousse le volume à fond. C'est mort, impossible de lui parler. Quand elle fait ça, c'est pour s'isoler. Elle se retranche toujours de cette manière quand elle ne veut plus parler.

Je soupire. Je me laisse aller contre l'appuie-tête et regarde le plafonnier. Tina tapote le volant avec ses doigts tout en se synchronisant sur la musique.

« Allez… arrête de faire la gueule… s'il te plaît… Mais pourquoi je me suis mis avec une Italienne ?! »

Je regarde par la vitre. La lumière du soleil me fait mal aux yeux. Pire que ce néon de salle de bains. Pendant un bref instant, la fatigue refait surface et je me laisse bercer par le paysage des maisons de nos rues. Bêtement, je regarde les va-et-vient des habitants. Certains, comme tout bon Américain, s'affairent déjà à l'entretien de leur jardin, d'autres sortent leur poubelle, et celui-ci s'escrime à astiquer son dernier coupé Z4.

J'ai chaud. Je baisse la vitre pour respirer l'air frais en fermant les yeux. Soudain, j'ai la tête qui tourne, prémices de nausées, dues à la veille, probablement. Tina s'arrête à un stop. J'ai un léger sursaut, comme si je me réveillais. Il faut que je me rattrape. Je me tourne vers elle et tente de lui parler :

« Écoute, ma chérie… pour hier, j'ai un peu de mal à me souvenir, c'est vrai… mais je voulais te dire que… ATTENTION ! »

Au moment où je crie, c'est comme un flash foudroyant. Je n'ai pas le temps de dire un autre mot. Le choc est violent. Frappée de plein fouet par l'avant, la voiture fait plusieurs tours sur elle-même. Les airbags explosent, le craquement de la carrosserie est assourdissant. Comme broyés, nos corps subissent l'effet centrifuge. Nos têtes basculent d'un côté, puis de l'autre, comme des poupées de chiffon. J'entends le crâne de Tina s'écraser contre la vitre. Elles explosent toutes. Les morceaux de verre volent dans tout l'habitacle, et telles des aiguilles virevoltantes, ils tranchent tout sur leur passage. La carrosserie crépite comme un morceau de pain frais qu'on écrase. Le véhicule continue de vriller jusqu'à venir s'encastrer contre le portail d'un particulier. Sur un son permanent de klaxon au milieu de cette plénitude du petit matin, une fumée épaisse émerge de la carcasse. Inconscients, la tête sur le tableau de bord, nous venons de subir la foudre.

2

Je tente d'ouvrir les yeux, en vain. J'essaye de faire papillonner mes paupières afin de les décoller…

La lumière est aveuglante et j'ai des douleurs à la tête. Je ne sens plus rien, j'ai la sensation d'avoir été roué de coups. Doucement, je pose mon regard autour de moi. Je suis dans un lit. Les bras le long du corps. Les mains bandées, avec un fil relié à un oxymètre pour contrôler mon pouls. Délicatement, j'essaie de bouger mes doigts. Puis ma main. Mais c'est difficile sous la pression des bandages. Puis je remue la tête, légèrement.

Je me souviens : je revois le « carton » que nous avons subi en voiture.

Tout juste sorti de mon sommeil, je tente de gonfler mes poumons, mais je ressens comme un coup de couteau dans la poitrine et me mets à tousser. Je reprends mon souffle en respirant lentement. Je suis comme compressé au niveau de la tête. J'ai des flashs qui me reviennent. Je revis la scène.

Je vois la rue que nous longions. Cet habitant arrosant ses plantes. Et je me revois hurler au moment où ce véhicule arrive sur nous…

Ma poitrine me fait mal. Extrêmement mal.

Je me souviens… Ma tête a été frappée de plein fouet par l'airbag. J'entends encore les bruits de freinage, les pneus crissant sur la route… La voiture qui tournoie sur elle-même… ces morceaux de verre virevoltant de toutes parts…

J'ai mal au crâne. J'ai mal à la poitrine… j'ai mal partout.

De nombreux tuyaux sortent de mon corps. Je suis encore sous le choc.

Bougeant la tête de nouveau, je remarque que je suis dans une chambre individuelle. Sous les draps, je remue mes orteils, puis mes pieds. Je tente de remonter mes genoux. Ça va. Petit à petit, j'arrive à bouger tous mes membres, lentement. J'ai la sensation d'être entièrement courbaturé.

Soudain, un bruit de chasse d'eau résonne. Une porte s'ouvre et un homme apparaît. Il me voit. Il a l'air surpris. Quelques secondes passent, puis il réagit :

« Bonjour, comment allez-vous ? »

Il avance lentement vers moi, à pas de loup, comme s'il voulait éviter de me perturber. Il prend une chaise qu'il fait glisser tout doucement pour ne faire aucun bruit gênant et brusque. Puis il s'y assoit. Avec un regard qui me paraît rempli d'affection, il me repose la question :

« Comment vous sentez-vous ?

– Mais vous êtes qui ?

– Excusez-moi, je me présente : je m'appelle Harry Borg, et…

– Et je suis où, là ?

– Vous êtes au Centre médical Carolinas. Et excusez-moi, j'ai utilisé les toilettes… Je m'occupe de votre surveillance médicale. Vous savez ce que vous faites ici ? Vous savez ce qui est arrivé ?

– Bien sûr que je sais, ne prenez pas cet air fragile avec moi ! On a pris une sacrée cartouche en voiture… D'ailleurs, où est mon amie ?

– Pardon ?

– Mon amie ! On était tous les deux dans la voiture.

– Euh… je suis désolé, mais il n'y avait personne d'autre.

– Quoi ? Mais non, on était deux ! C'est elle qui conduisait ! Elle est forcément ici.

– Écoutez… je me souviens parfaitement de tout, j'étais à la clinique lorsque les secours sont arrivés. Le dossier a été enregistré, et les pompiers n'ont récupéré qu'une seule personne… Il n'y avait que vous…

– Comment c'est possible ? Non, non ! Tina conduisait et je me souviens qu'elle n'a pas été éjectée, elle était bien là ! Elle a subi l'accident comme moi ! Et même si elle n'était plus dans la voiture, impossible que les secours ne l'aient pas récupérée…

– Vous me dites que votre amie s'appelle comment ?

– Tina, Tina Miller ! Elle est forcément dans cet hôpital, vous avez dû la rater ! »

Je regarde cet homme à l'air un peu bête, il ne semble pas comprendre ce que je lui dis. Aucune réaction, il reste presque de marbre.

« Ho ! Vous m'entendez ? Bougez-vous ! Allez voir si ma copine est ici et si elle va bien !

– Vous m'avez dit quel nom ? »

Putain ! mais il est vraiment abruti ce mec !

« Tina Miller !!

– Écoutez… Au risque de vous offenser, et ce n'est pas du tout ce que je désire… vous me dites que cette Tina était avec vous… Je suis désolé, mais…

– Bon, allez ! Ça suffit, vos conneries… Je vous dis que ma petite amie était au volant. Vous n'écoutez pas ou quoi !? »

M'étant redressé brusquement, j'ai soudain la tête qui tourne. Je la tiens entre mes mains.

« Bon sang que j'ai mal !…

– Attention, allez-y doucement. Vous ne devriez pas vous lever, ce n'est pas prudent.

– Lâchez-moi ! Vous ne comprenez rien de ce que je vous dis ! »

Il veut me donner la main, mais je la repousse.

« Je n'ai pas besoin d'aide ! Ça va aller… Je suis un ancien joueur de football, j'en ai connu d'autres ! Je vais me lever et aller chercher Tina.

– Vous dites ?

– Je suis un ancien joueur de football, je suis Billy Wake. J'étais *running back* chez les Panthers.

– D'accord… je vois… »

Vu mon insistance, le gars change subitement d'attitude.

« Bien, alors… Billy, ça suffit, rallongez-vous immédiatement, vous n'êtes pas en état de vous lever…

– Je crois que tu m'as pas bien compris, toi… Je vais trouver Tina moi-même puisque t'en es incapable… Pousse-toi de là ! »

Je me suis relevé et j'ai posé les pieds au sol. Soudain, j'ai des bouffées de chaleur, la nausée. Une envie de vomir subite. Et ma tête part complètement en vrille. Tout devient flou. Mes jambes me lâchent dans la foulée. Et je fléchis. L'homme vient à mon secours, et par réflexe, je m'appuie sur lui. Tout virevolte… Je ne vais pas bien. Je tente d'aligner des mots :

« Faut… que… j'y… aille…

– Calmez-vous, vous ne pouvez pas vous lever. Rallongez-vous !

– C'est vous… qui… ne compre… nez… pas… Et… il faut… »

Puis le black-out…

*

J'ouvre les yeux : je suis toujours dans cette chambre d'hôpital, seul… l'autre n'est plus là.

Je ne sais pas combien de temps je suis resté dans les vapes, mais je vais mieux. Je me redresse et tente de réfléchir aux derniers événements, et surtout à ce que m'a dit cet homme. Mes pensées vont toutes vers Tina. Où est-elle ?

Sans perdre une minute de plus, je décide de ne pas rester là.

Assis sur le lit, un peu hésitant vu ce qui vient de se passer, je pose doucement les pieds au sol.

Ohhhh, ça tangue... Allez, Billy, fais pas ta fiotte !

Je suis debout. Ça va, ça tient. Fatigué, mais ça tient. J'avance vers mon placard pour prendre mes vêtements. Sans m'en rendre compte, j'ai tiré avec moi les tuyaux de perfusion.

« Ahhhh ! Mon bras ! »

J'enlève les aiguilles un peu comme un sauvage et enroule une serviette autour de mon bras pour éviter que ça saigne. Discrètement, j'ouvre la porte et observe le couloir. Personne, le calme plat. Je regarde mon numéro de chambre : 404.

O.K., je dois être au quatrième étage.

Je suis convaincu que Tina est dans cet établissement, ou dans un autre hôpital. Je referme la porte et retourne m'habiller. Ce n'est pas la grande forme, mais je suis suffisamment costaud pour sortir de là.

Une fois vêtu, je vais dans la salle de bains. J'allume et la lumière qui jaillit m'oblige à cacher mes yeux. Cette clarté intense me fait trop mal. Mon choc à la tête doit m'avoir laissé de sacrées séquelles ! Tant pis pour les ablutions, je décide de filer directement.

Je veux savoir où est Tina. Tel un voleur, je sors de la chambre. Pas un chat.

Je longe le mur du couloir et me dirige vers l'ascenseur. J'ai du mal à marcher. Je jette un œil discret dans le bureau des infirmières : personne. Furtivement, je passe. Arrivé devant les portes, j'appuie plusieurs fois sur le bouton, comme si ça pouvait le faire venir plus vite. Je guette à gauche et à droite : toujours personne.

Soudain, j'entends le bruit d'un chariot venant de l'autre aile de l'hôpital.

Je continue d'appuyer frénétiquement sur le bouton : *Allez, allez, allez !* Les portes s'ouvrent enfin. Je m'y engouffre et sélectionne le zéro.

Avachi contre la paroi du fond, je respire fort, comme essoufflé par une longue course. Ça tangue autour de moi. Je pose mes mains sur les genoux et tente de reprendre mes esprits.

Allez, Billy, relève-toi !

Je ne suis pas encore au point, mais il faut que je tienne.

Un « ding ! » annonce mon arrivée et les portes s'ouvrent. Ça circule dans tous les sens : malades, infirmières, médecins, visiteurs… un vrai bordel. Je me frotte les yeux, la lumière du jour me fait mal. Je me dirige vers l'accueil. Si Tina est là, eux doivent le savoir.

3

Je me traîne tant bien que mal jusqu'au comptoir où je m'avachis comme la loque que je suis : j'ai les jambes en coton, je transpire abondamment, et le moindre mouvement est douloureux.

« Bonjour… » dis-je à l'hôtesse avant de reprendre mon souffle.

Elle a l'air un peu surprise.

« Bonjour, que puis-je faire pour vous ?

– Je suis à la recherche de Mlle Tina Miller. Cette jeune femme est-elle au sein de votre établissement ?

– Attendez, je recherche dans la base de données… »

Il s'écoule quelques secondes.

« Non ! Je suis désolée, je n'ai personne à ce nom.

– Vous en êtes sûre ? Elle a dû arriver par les urgences !

– Quel jour exactement ? »

Pendant une seconde, je me demande quel jour on est… Impossible de savoir ! Impossible de savoir depuis combien de temps je suis resté amorphe dans cet hôpital. Sur le mur, l'horloge indique 10 h 15. L'accident a eu lieu le matin, donc ça fait a minima vingt-quatre heures que je suis là.

« Euh… hier, voire avant…

– Non… Aucune Tina Miller n'est arrivée, que ce soit aux urgences, en ambulatoire ou en intervention programmée. Je n'ai personne à ce nom.

– Et vous pouvez vérifier dans les hôpitaux avoisinants, s'il vous plaît ?

– Attendez… il faut que je me connecte à un autre logiciel. »

Quelques minutes plus tard, elle relève la tête de son ordinateur.

« Non plus, je suis désolée…

– Mais qu'est-ce que c'est que ce bordel !? »

Ça recommence à tanguer. Je manque de tomber.

« Vous allez bien ?

– Oui… oui, ça va. Enfin… non, ça ne va pas du tout.

– Vous êtes quelqu'un de sa famille ? Quel est votre nom ? »

Je décide de ne pas lui répondre. Déjà que je me suis échappé de la chambre…

« Non, c'est bon, merci. »

Je fais volte-face, me précipite vers la sortie et déboule comme un fou furieux de l'hôpital. Le soleil, tel un éclair, me frappe en plein visage, je suis ébloui. Complètement aveuglé, je me protège les yeux d'un bras ; je ne supporte plus toute cette lumière. Pourquoi une telle réaction de ma part vis-à-vis de la luminosité ? D'un mouvement à l'arrache, je hèle un taxi et me jette dedans.

« 598, Bascom Street, Chantilly ! »

Je m'affale sur la banquette. J'ai toujours mal à la tête et encore quelques nausées. Le chauffeur, lunettes noires et dreadlocks sur la tête, musique à fond, *drive* sur un rythme endiablé de reggae ; j'en ai plein les oreilles, mais pas le choix, il faut faire au plus vite.

« *No problemo* ! Je t'emmène où tu veux ! Je m'appelle Jimmy, mais tout le monde m'appelle "Reggaeman" ! Tu sais pourquoi ? »

Je le regarde d'un air un peu désabusé.

« Euh… je suppose que c'est parce que tu écoutes du reggae ?

– *Heyyyy*, non ! C'est parce que tout le monde dit que je ressemble à Jimmy Clegg !

– Je ne comprends pas… je ne vois pas le rapport ! »

Je ne me sens vraiment pas bien, et cet abruti qui balance sa musique à fond…

« C'est pour Jimmy Cliff alors, le chanteur de reggae ? »

Je ne sais même pas pourquoi j'essaye de discuter avec ce type.

« Non, pas du tout, pour Jimmy Clegg !

– Non, mais qu'est-ce que tu me racontes ? C'est Johnny Clegg, et non Jimmy. Ou Jimmy Cliff. Tu confonds !

– *Heyyy…* mais non ! T'as été mal soigné dans ton hôpital… On m'appelle Reggaeman en référence à Jimmy Clegg !

– Non, mais qu'est-ce que tu… Bon, laisse tomber, je m'en fous. »

Punaise... Je crois bien que je suis tombé sur le dernier des abrutis !

« *Heyyy, okay*, pas de souci ! Ça ne te dérange pas, la musique ? »

Je ne sais pas pourquoi il commence toutes ses phrases par cette interjection « *heyyy* », à croire que c'est tout le temps la fête dans sa tête.

« Non, vas-y, laisse, mais mets moins fort, s'te plaît… Je suis défoncé.

– *Heyyy, no problemo* ! »

Je réfléchis à ces dernières heures, ou jours, impossible de savoir. Je revois seulement notre accident de voiture, avec Tina. Mais où est-elle ? Que s'est-il passé entre l'accident et le moment où je me suis retrouvé dans cet hôpital ? Elle n'a pas pu disparaître comme ça, elle a forcément été emmenée par une ambulance… Peut-être que la fille de l'accueil s'est plantée… Je me souviens juste que… C'est comme des flashs, en réalité… Je suis dans la cuisine, je la suis… on est en voiture et…

Réfléchis, bon sang, réfléchis !

Je me souviens qu'on m'extirpe de l'épave... Je vois des lumières bleues et rouges... J'entends des voix : « Tenez bon, on va vous sortir de là ! »... Et... et... plus rien, bordel !

Je palpe mes poches : pas de clefs, pas de portable... Je me rappelle être parti à l'arrache...

Je ferme les yeux, histoire de récupérer un peu. Je suis dans un état second.

La voiture s'arrête brutalement.

Mon front heurte sans ménagement le siège avant. Je m'étais assoupi.

« On y est ! »

Je reconnais la maison.

« Ne bouge pas, je reviens, je vais chercher de l'argent...

– *Heyyyy*, perso, je m'en cogne, le compteur tourne tant que je ne suis pas payé...

– O.K... Mais juste un truc : arrête avec tes "*heyyyyy*" ! C'est juste gonflant !

– *Heyyyy, no problemo* ! »

Il y a comme un blanc de désespoir dans mon regard.

« Pfffff... O.K., attends-moi là. »

Il monte le son de son autoradio et croise ses mains derrière la tête comme pour faire une sieste.

Je me précipite dans la cour. J'en oublie que je sors de l'hôpital et que je suis encore sous sédatifs et me prends les pieds dans le tuyau d'arrosage qui traîne par terre. Je me rétame comme une merde. Me relevant rapidement, je débarque dans la maison en hurlant :

« Tinaaaa !? Tinaaaa ! »

Je passe d'une pièce à l'autre à toute vitesse, mais personne. Tina n'est pas là. Je monte dans la chambre et récupère mon portable : pas d'appels, pas de messages. Je compose son numéro ; après plusieurs sonneries, je tombe sur sa messagerie. Je recommence. Encore et encore… mais rien.

« Mais elle est où, bordel !? »

Crispé, je commence à m'énerver. Ma tension monte, et avec mon état de fatigue, je suis à la limite de tomber de nouveau par terre.

Je fais un crochet par la salle de bains et allume. Une nouvelle fois, le néon grésille et refuse de s'éclairer normalement. Ça me fait mal aux yeux, encore, et j'ignore toujours pourquoi. Je décide finalement d'éteindre. Je me passe de l'eau sur le visage, histoire de me réveiller. Ça me fait du bien. Mais mon état physique est toujours le même. J'ai du mal à sentir mes membres. Sûrement la faute de ces foutus « cachetons » de l'hôpital.

En quittant la petite pièce, et sans m'en rendre tout de suite compte, j'ai la sensation de marcher par moments sur de microscopiques graviers blancs. Je me penche sur le sol et en ramasse un : ça ressemble effectivement à un petit gravier, mais ce n'en est pas. Il y en a plusieurs, identiques, qui traînent éparpillés sur la moquette de la chambre.

Mais c'est quoi ce truc, encore ?

Je finis par lâcher le gravillon et décide d'avancer dans mes recherches. Je redescends les escaliers et me dirige vers le téléphone de la maison : peut-être y a-t-il un message ?

« *Vous avez un nouveau message, le 6 juin à... chhhhhtttt... 4 h 20 :*

« *Bonjour, chhhhhtttt... 'dame Thomson, agence Millwood, nous vous chhhhhtttt... 'pelons l'heure de votre rendez-vous à 16 heures chhhhhtttt... il est impératif que vous chhhhtttt... Merci de ne pas l'oublier. Bonne journée.* »

Répondeur de merde ! Depuis le temps qu'on doit le changer ! Il bouffe la moitié des mots…

Mme Thomson ? Je regarde mon portable : nous sommes le 12 juin. Ce message est là depuis une semaine, et ni moi ni Tina ne l'avons écouté. Je ne connais pas cette agence Millwood ni le pourquoi de ce rendez-vous. Je pense que c'est une erreur.

Je ne comprends rien.

Toc ! toc ! toc !

« Mince, le taxi ! »

Je m'élance vers la porte au moment précis où une enveloppe est glissée en dessous.

« Mais c'est quoi, ce cirque ? »

Je la ramasse : elle est cachetée et anonyme. Je me précipite dehors : personne. Je regarde autour de moi... Rien. Les rues sont dégagées, et pas âme qui vive. Si quelqu'un s'était pointé, je le verrais partir. Il n'y a que ce chauffeur de taxi qui attend en écoutant sa musique reggae.

Je tente de l'appeler :

« Ho ! Reggaeman ? Johnny ? Euh... Mc'cliff ? Ou... Jimmy ? Ou qui tu veux ! »

Il n'entend rien avec sa musique de dingue. Je me rapproche de lui :

« *Heyyy*, c'est bon... T'as mon pognon ?

– Euh... non, pas encore... Mais dis-moi, t'as vu quelqu'un passer, là ? Une personne qui vient de frapper ? Je ne sais pas moi, à pied ou en voiture... un truc quoi ?

– *Heyyy*, non ! Je suis là peinard et j'ai rien vu !

– Mouais, O.K., j'ai compris...

– Et mon pognon, ne l'oublie pas, hein ! Tu me dois 45 dollars !

– Quoi !? 45 ?

– *Heyyyy*, ouais, mon compteur tourne toujours...

– Bon sang ! J'arrive !

– T'inquiète, prends ton temps ! »

Je retourne chez moi, un peu agacé. Dans la cuisine, je cherche mon portefeuille, mais je ne trouve rien. Je ne sais pas pourquoi, mais je suis complètement perdu dans ma propre maison, et surtout perturbé. Par l'accident, la disparition de Tina, la fatigue…

Je fixe cette enveloppe débarquée de nulle part, glissée sous la porte… par qui ? On frappe, puis on disparaît…

Sans hésiter, je la décachette. J'en extirpe une feuille blanche pliée en deux. Il y est écrit :

Je sais ce que tu as fait.

Ce message me refroidit.

J'ai fait quoi ?!

Pourquoi m'écrire ça ? Et qui ?

Je réfléchis, mais je ne vois aucun rapport avec moi, Tina ou notre vie. Puis, je commence à douter… J'essaie de me creuser la tête, mais je n'arrive à rien.

L'absence de Tina m'inquiète. Où est-elle passée ? J'espère qu'elle va bien…

Je sais ce que tu as fait.

Ces quelques mots auraient-ils un lien avec sa disparition, ou avec nous ?

Sans savoir pourquoi, je repense au message de cette agence Millwood et à cette Mme Thomson…

J'ai soif. Punaise, mais qu'est-ce que j'ai soif ! Je reprends mon souffle, je crois que ça ne va pas. Je ferme les yeux pour réfléchir. Du moins, j'essaie.

Toc ! toc ! toc !

Mais ça ne va pas s'arrêter aujourd'hui !?

Soudain, je réalise que c'est peut-être l'auteur de la lettre. Je me précipite vers la porte et l'ouvre brusquement.

« *Heyyyy*, t'as mon pognon ou quoi ?

– Oh ! bordel, je t'avais oublié, toi ! »

Je palpe mes poches : je n'ai pas une thune sur moi.

« Écoute, tu sais quoi ? Faut que j'aille chez les flics, j'ai besoin de toi ! Et je vais passer au distributeur retirer de l'argent. Je te propose que tu m'emmènes.

– *Heyyyyy*, cooool ! Tu m'as pris pour ton chauffeur personnel, ou quoi !?

– Vas-y ! C'est quoi ton planning, aujourd'hui ? Tu vas me dire que t'es blindé de courses ? Écoute, je te file deux cents billets si tu me balades toute la journée : ça te va ?

– Quoi ? Deux cents billets, c'est ce que je peux faire en un après-midi !

– Trois cents ! »

Il ne se fait pas prier pour accepter :

« *Heyyyyyy*, *okayyy* ! Viens dans ma caisse, c'est du rythme *all the day* ! On va s'écouter de la soul, du RNB, du hip-hop et du bon vieux reeeeeeggggaeee, *man* ! »

Je le regarde, complètement désabusé. Ma main sur le front, je hoche la tête de gauche à droite... Je ne sais pas pourquoi, mais je pense que je viens de faire la pire des conneries. Mais je n'ai pas le choix : il me faut un chauffeur immédiatement.

Je remonte à l'étage et me change rapidement. En faisant des allers-retours entre la chambre et la salle de bains, sans le vouloir, je donne un coup dans quelque chose qui était dans un coin et qui roule jusqu'en dessous du lit.

« Mais c'est quoi, ça ? »

Je m'accroupis et tends le bras pour l'attraper : ma batte de base-ball ! Normalement, elle est dans le salon, dans ma vieille armoire.

« Mais qu'est-ce qu'elle fout là ? »

Je l'examine et, sur une partie du bois, je remarque une immense trace de sang séché, avec des cheveux collés.

Je jette cette batte loin de moi, dégoûté de ce que j'y ai vu.

Je bloque sur l'objet recouvert de sang – en tout cas, a priori, ça y ressemble.

Soudain, une vibration :

Vvvvrrr vvvvvrrrrr vvvrrrrr…

Je ne bouge plus et essaie de la ressentir. Elle est faible, mais perceptible. Ce n'est pas un son, plutôt un signal. Je n'arrive pas à le définir ni à le décrire. Je vais dans la salle de bains, mais ça ne vient pas de là. De l'autre chambre non plus. Quelque chose vibre de manière très fine, comme des hélices au ralenti.

« C'est quoi, ça vient d'où ? »

Je ne sais pas pourquoi, mais je suis au bord de la panique face à ces événements – la découverte de la batte, ce léger vrombissement qui me transcende. Je me tapote la tête pour voir si ça ne vient pas de moi, peut-être un acouphène ou un truc du genre… Mais non. Il est bien là. Il y a quelque chose.

(*… Vvvvvrrrrr vvvvrrr vvvvrrrrrr…*)

Je redescends, et le bruit est le même, uniforme, que ce soit à l'étage ou au rez-de-chaussée de la maison. Cette fois, je panique vraiment. En parallèle, je peux entendre la musique provenant du taxi, mais ce n'est toujours pas ça. Il y a réellement autre chose.

Je me décide enfin à sortir. Encore une fois, et toujours de façon inexpliquée, le soleil me fait mal aux yeux. Je pensais pourtant m'être habitué, mais non. Dehors, de nouveau ce vrombissement. Limite, je ne fais plus attention au son infernal que produit l'autoradio de mon « ami » : je n'entends plus que ce vibrato. Simultanément, je ressens comme un léger, très léger souffle sur mon visage. Je ne bouge plus, je suis comme figé, immobile, comme si je ne pouvais plus avancer. Quelque chose me freine. Je respire profondément.

Tout à coup, contrastant avec la lumière du soleil, surgit une ombre gigantesque au sol. Elle passe comme un coup de vent. Je tente de lever les yeux au ciel, mais impossible avec cette clarté. Je me force à regarder, mais rien. Puis l'ombre réapparaît furtivement, comme si… comme un avion rasant la maison en silence, juste cette vibration très fine et indescriptible. Je lève les yeux de nouveau : toujours rien.

Le rasta, dans son taxi, n'a pas l'air d'y prêter attention.

« Bon sang, je deviens fou ou quoi !? »

Je ressens de plus en plus ce vibrato, comme s'il était au-dessus de ma tête, à me frôler les oreilles… Puis encore une ombre…

« Mais merde ! Il se passe quoi ? Y a que moi qui vois et entends ça ? »

En transe, je ne contrôle plus mes sens. Subitement, assailli par la panique, je me mets à courir en direction du taxi.

« Ho hooo !… »

Je tente d'appeler le chauffeur, mais il ne répond pas. Absorbé par sa musique, il ne me regarde pas ni ne m'entend.

« HOOO !!! »

J'ai hurlé. Mais rien.

(… *Vvvrrrr vvvrrrr vvvrrrr…*)

Je perçois de mieux en mieux ce bruit de fond et vois au sol des ombres jaillissantes, tantôt à gauche, tantôt à droite, mais sans jamais rien apercevoir dans le ciel. À la limite de suffoquer, ma vision se trouble de plus en plus et la distance avec le taxi me paraît interminable.

« … HOOOO !… »

Dernière tentative, mais au fil de mes pas, mes jambes deviennent comme du coton, je ne marche plus correctement. Je me traîne, je ne peux plus avancer, ma vue se trouble, je tente de parler, mais impossible. J'ouvre la bouche pour l'appeler une dernière fois, mais, à bout de forces, je m'écroule par terre. À genoux, je tente de lever le bras, mais je m'évanouis.

4

Centre médical Carolinas.

Je renifle une odeur qui m'est familière. Je la reconnais. Une odeur indescriptible, mais tellement unique en son genre : l'odeur de l'hôpital.

Un lit entouré de barreaux pour éviter qu'un malade se casse la figure, une télévision payante avec très certainement la moitié des chaînes par manque de réseau. Un haricot en carton en guise de livre de chevet, au cas où… Et… et lui… Là, en face de moi. Ne bougeant pas, avec un regard où perce de l'inquiétude. J'ai la bouche pâteuse. Et j'ai soif. Je refais surface petit à petit, me demandant encore ce qui a pu m'arriver…

« Vous allez bien ? s'enquiert-il.

– J'ai connu de meilleurs moments et de meilleurs jours.

– Je vous avais dit de ne pas vous lever et de ne pas forcer. Bilan : voilà comment je vous retrouve.

– Écoutez, vous n'avez pas l'air de comprendre, mais Tina a disparu. Elle était avec moi dans cette voiture. Je me souviens parfaitement de l'accident et du choc. Y a qu'à voir mon état. Je n'ai aucune nouvelle d'elle, je suis inquiet, et personne n'est capable de me dire où elle est…

– Mais vous êtes très faible et…

– Ça va, je vais bien ! Et ce n'est pas une petite chute, un petit évanouissement qui vont m'arrêter. Oh ! j'ai été joueur de football, vous savez combien de tampons j'ai reçus et après lesquels je me suis relevé ? Hein, vous savez ?

– Non, je ne sais pas… »

Le pauvre me regarde d'un air dépité et n'ose pas me contredire. Je le sens mal à l'aise.

« Et d'ailleurs, comment je suis arrivé ici ? Ah, punaise ! Je parie que c'est le taxi, le rastaman ou je ne sais plus quoi, un vrai barjot celui-là. Bon sang, que j'ai soif ! »

Je me redresse et m'adosse à la tête de lit.

« Encore une fois, vous ne devriez pas vous relever tout de suite, vous allez probablement faire un malaise.

– Pfff, lâchez-moi, vous ! Plutôt que de dire des conneries, allez me chercher un verre d'eau ! »

Mon comportement semble le désespérer. De mon côté, je ne comprends pas pourquoi la disparition de Tina ne le fait pas réagir plus que ça.

« Ne bougez pas, je reviens, je vais vous chercher à boire, et surtout une infirmière, ou un médecin, pour vous examiner. »

Il se lève et, juste avant qu'il ne sorte, je lui crie :

« Et aussi de la codéine… et de la morphine… et des corticoïdes… On nous donne ça aux entraînements… »

Je le vois secouer la tête, l'air de dire « n'importe quoi… ». Je me place au bord du lit. *Merde...* ce con avait raison, je ne suis vraiment pas bien, à croire que je vais encore une fois tomber dans les pommes… Je respire mal, toujours et encore. Ma poitrine est douloureuse. Mais qu'est-ce que j'ai ? Puis je me mets debout. *Oh ! bon sang...*

… Pendant quelques secondes, j'ai une absence. J'ai des bouffées de chaleur. Je ferme les yeux fortement comme pour faire passer cette sensation…

Puis je les rouvre…

Ça va... ça va... Je reprends ma respiration… *Ça va... ça va...* J'attends, pensant revoir mon « ami » avec mon verre d'eau et un médecin. Mais il ne revient pas.

Mais il est où, ce con ?

Devant moi, sur une chaise, je vois mes affaires ; un bout d'enveloppe dépasse d'une des poches. *Bordel... Tina !* Pas de temps à perdre, il faut que je la retrouve, il est impossible qu'elle ait disparu comme ça. Il faut que je la recherche. Si cet hôpital est incapable de me donner une réponse... les flics, eux, le pourront ! Et avec ma malchance, si un médecin m'ausculte de trop près, il va me bloquer ici.

Ni une ni deux, je me rhabille. La main dans la poche, je repense à ce mot : *Je sais ce que tu as fait.* Ça me glace le dos... Et cette batte retrouvée comme ça... Tout est tellement étrange.

De nouveau dans le couloir de l'hôpital, je rase les murs. À croire que ça devient une habitude, sauf que cette fois-ci, tout glisse plus rapidement. J'évite l'ascenseur et je prends les escaliers.

Une fois en bas, je me retrouve dans ce hall immense, tel un aéroport de la maladie et du blessé. Je passe au travers des brancards, des vieux accolés à leur pied à perfusion, des cris de gamins assis sur leurs sièges, attendant depuis des heures que les services des urgences les prennent en charge. Je suis comme un électron gravitant et se faufilant au milieu d'un champ de mines. À peine ai-je mis le nez dehors que la lumière du jour m'éblouit. Elle est toujours aussi aveuglante. Je regarde furtivement à gauche et à droite puis j'entends :

« *Heyyyyy, yoooo, man* !

– Oh ! punaise, encore lui... marmonné-je.

– *Yoooo, maaaannnnn* !...

– Chuuut ! Tais-toi ! Chuuut ! Mais ferme-la !... » dis-je tout en courant vers le taxi.

Il me fixe, ne comprenant visiblement pas mon comportement. Je me jette à l'arrière et me baisse pour ne pas être vu.

« Ça y est ? C'est bon, t'es sorti, *man* ?

– Oui, enfin, non… Bref, faut qu'on se casse de là !

– Oui, non ? T'es *space*, toi ! Je t'adore, *man* ! On va s'écouter…

– On n'a pas le temps ! Emmène-moi chez les flics ! »

Il se raidit.

« Les flics ?

– Oui, allez, grouille, on y va !

– *Hey hey* ! Tu ne vas vraiment pas bien, toi ! Mais c'est toi le boss ! *Hey*, *man*, tu sais que tu me dois 1 450 dollars ? T'as mon fric ?

– Quoi ?! 1 450 ?! Pour m'avoir ramené à l'hôpital ?

– *Heyyy*, le compteur tourne, *man*… Ce n'est pas de ma faute…

– Punaise, c'est pas vrai ! Mais ça fait combien de temps que je suis revenu à l'hôpital ? »

Le gars me regarde, l'air de ne pas comprendre ma question. Je pense qu'il est aussi timbré que moi.

« C'est bon… t'auras ton fric, t'inquiète pas. Conduis-moi chez les flics, et fais vite.

– *No soucy, man*, tiens, écoute ça ! Ça va te détendre. C'est The Congos. »

... Don't you blame it on I, I tell ya
Don't you blame it on RASTAFARI…

Je me laisse bercer par cet air de reggae qui, au final, passe comme une lettre à la poste. Je souffle un coup et essaye de rassembler mes idées.

Je me rappelle ce petit matin où je vois Tina : on part à deux dans la voiture, on a cet accident… et… et… elle disparaît complètement. Plus aucune trace.

Ni à l'hôpital ni à la maison… et pas de messages… rien, excepté celui d'une agence Millwood adressé à une certaine Mme Thomson, de ce que j'ai pu entendre. Une enveloppe balancée anonymement avec ce foutu message, cette batte pleine de sang… Voilà où j'en suis. Avec, par-dessus le marché, mon état physique plus qu'alarmant, dans une voiture avec un gars plein de dreadlocks, à moitié cintré, qui me coûte une blinde et écoute du reggae à fond…

Trente minutes plus tard, le taxi me dépose devant le commissariat.

« Et voilà, *man* ! Perso, je vais me garer un peu plus loin, si ça te dérange pas… Je suis pas sûr qu'ici, ils apprécient les gars qui fument le bédo ! Tu me comprends, hein ? »

Je secoue la tête en me disant que je n'ai décidément pas fait le bon choix avec ce type.

J'entre dans le poste et demande à faire une déclaration de disparition. Je patiente dans la salle d'attente. Je ne me sens pas mieux et je crève toujours de soif. À côté, une bonbonne d'eau. Je prends un gobelet et vais pour me servir… Vide.

« C'est pas vrai ! »

Soudain, un homme m'interpelle :

« Monsieur Wake ?

– Oui ! C'est moi !

– Veuillez me suivre. »

On s'installe dans son bureau. Je piétine d'impatience. Sa tête me dit quelque chose… Il est joufflu, porte une grosse moustache rousse, la même couleur que ses cheveux, ses pommettes sont bien rouges et il est assez bedonnant.

En face de moi, il ne semble pas pressé. Il prépare son petit carnet, qu'il place soigneusement sur la table, prend un stylo et l'aligne parfaitement, en parallèle de son bloc. Je le regarde d'un air bête. Il allume son ordinateur et remonte ses manches lentement. De mon côté, je trépigne mais n'en montre rien.

« Mais c'est quoi, ce délire ? » dis-je dans ma barbe.

Entre mon taxi et ce flic, on perd un temps fou.

Aujourd'hui, je ne tombe que sur des dingues !

Il se met à tousser comme pour régler sa voix. Recule d'un poil son clavier pour se mettre à l'aise. Là, je craque :

« C'est bon, là ? On va peut-être y aller ? »

Il me regarde, l'air de ne pas comprendre.

« Je vous demande pardon ?

– Non, non, rien… excusez-moi, mais est-ce qu'on peut se dépêcher, s'il vous plaît ? Mon amie a disparu. »

Le flic commence à tapoter sur son ordinateur. Je lui raconte notre accident, puis mon réveil à l'hôpital, la disparition inexpliquée de Tina, mes premières recherches… Bref, je déballe tout.

« Et que puis-je pour vous ? me demande-t-il, toujours aussi calme.

– Quoi ? Comment ça ? Vous le faites exprès ! Je viens de vous dire que ma petite amie a disparu, elle a peut-être été enlevée, ou elle est peut-être en train de souffrir en ce moment ou de mourir !

– Avez-vous contacté sa famille ? »

Il parle avec une telle lenteur… c'est affreux.

« Non ! Toute sa famille habite en Europe.

– Ses amis ?

– Euh… non, non, je n'y ai pas pensé à vrai dire, et je n'ai pas eu le temps entre mes allers-retours à l'hôpital.

– Et à l'hôpital, sont-ils formels concernant son absence ?

– Bordel ! Je vous ai déjà dit ça ! Oui, oui, et OUI, ils n'ont personne à ce nom ! »

Ce type m'exaspère au possible.

« On ne va pas y arriver, bon sang ! »

Je prends ma tête entre mes mains.

« Avez-vous visionné les bandes du jour de l'accident ? me demande-t-il.

– Quoi ?

– Je répète : avez-vous visionné les bandes du jour de l'accident ?

– Quelles bandes ?

– Celles des vidéos de l'accident. Des caméras qui donnent sur la rue.

– Non, non… je ne les ai pas vues ! Mais oui, c'est ça ! C'est parfait ! Et où peut-on les voir ?

– Via le central.

– Et c'est où, ça ?

– Vous n'y avez pas accès, vous n'êtes pas autorisé… »

Je regarde ce flic comme s'il s'agissait d'un extraterrestre.

« Je ne comprends pas : vous me demandez si j'ai vu les bandes, et derrière cette question, vous me dites que de toute façon, je n'y ai pas accès ? Vous êtes un petit rigolo, vous ! »

Il me regarde. Je le regarde. Il y a un blanc de quelques secondes… Puis il sourit et, d'un air niais, me balance :

« C'était une blague ! »

Et il se marre tout seul…

Je suis à bout. Mais je suis où, là ? Sur qui je suis tombé ? Je vais me réveiller, ce n'est pas possible, toute cette journée est un véritable sketch !

« Et on fait quoi ? Hein ? Avec vos blagues… Ma copine a disparu, vous vous en souvenez ?! »

Il arrête de sourire. Il se lève de son fauteuil, repositionne sa ceinture – et son bide au passage –, replace son arme bien à gauche, tel un bon agent de police.

J'ai en face de moi le stéréotype du flic bedonnant, fonctionnant au ralenti, mais qui applique les règles à la lettre telle une parfaite secrétaire.

« Nous avons accès au fichier vidéo du central… Je vais aller les chercher, vous m'avez dit que l'accident a eu lieu où ?

– Enfinnnn ! Merci, mon Dieu ! Pas très loin de notre domicile, nous étions au carrefour de Caswell Road et Pecan Avenue. »

Ma réflexion ne lui a pas plu… Je vois l'agent partir et pense profiter de ces quelques minutes d'absence pour respirer, mais j'aperçois dans son dos une énorme marque rouge. Comme… comme une grosse tache de sang… Il en a aussi à l'arrière de son crâne…

Mais, c'est quoi encore ce truc ? C'est une journée de dingue au milieu des dingues !

Il revient avec un disque dur. Il s'agit bien des vidéos du croisement où a eu lieu l'accident.

« Excusez-moi, mais je crois bien qu'il y a une grosse tache à l'arrière de votre chemise, et aussi sur votre…

– Ah ! non, monsieur, ce n'est pas possible ! » m'arrête-t-il d'un ton ferme et définitif.

Je n'ose pas insister, vu le caractère spécial de cet agent. Mais venant d'une personne pour qui la perfection vestimentaire est une évidence, je ne comprends pas sa réaction. Il ne dit plus rien et me fixe. Je me sens mal à l'aise. À tel point que…

… que j'ai à peine le temps d'attraper la petite poubelle à côté de moi pour vomir dedans. Ne me demandez pas pourquoi, mais je n'ai pas pu me retenir.

« Mince… je suis désolé… sincèrement…

– Vous avez bu ? me demande-t-il sans se départir de son flegme.

– Non ! Non ! Je vous l'ai dit, je sors de l'hôpital et je suis encore un peu dans les vapes, c'est pour ça…

– Vous vous droguez, alors ? Parce qu'avec les hallucinations que vous avez… ces taches rouges que vous voyez sur moi… »

Je souffle.

« Non, laissez tomber ! On peut continuer, s'il vous plaît ? On peut visionner la bande ?

– Quand a eu lieu votre accident ?

– C'était le… »

Soudain, j'ai comme un doute. Impossible de savoir. Par logique, je dirais hier… mais je n'en suis pas certain. Et j'ai complètement oublié de demander à ce type de l'hôpital depuis combien de temps j'étais là-bas. C'est la vraie première question intéressante que pose ce flic.

« Euh… je dirais hier, ou avant-hier…

– Vous ne savez pas quand vous avez eu votre accident de voiture ? Vous vous droguez ?

– Noooooon ! »

Enfin, je ne crois pas… ou plus…

« S'il vous plaît, regardons…

– O.K… On va passer en mode accéléré. S'il y a eu un accident à ce carrefour, on le verra. L'enregistrement comporte une dizaine de jours. On va partir du début.

– Mais, ça va être trop long ! »

Il m'observe, stoïque. Je soupire.

« C'est bon, allez-y ! »

Le flic passe la vidéo en mode rapide. Et là… surprise !

« Ici ! » dit-il, victorieux.

Il a un sourire de satisfaction, le même qu'un bon élève qui va recevoir une image.

« Ouiii ! C'est notre voiture ! Oui, c'est ça ! »

Nous mettons la vidéo en vitesse réelle. Il se passe plusieurs minutes avant de voir les secours sur place.

Ils extirpent quelqu'un de la carcasse. Ensuite, quasiment une heure s'écoule avant qu'une dépanneuse ne vienne la récupérer.

« Mais… il n'y a pas d'autre ambulance ?! Et Tina ? Personne ne vient la chercher ?

– Peut-être parce qu'il n'y a personne d'autre dans le véhicule… »

Je le regarde, stupéfait et agacé par son sarcasme. Mais à cet instant… je me mets à douter.

« Et pour votre information, monsieur le footballeur parfait… la date indique que l'accident a eu lieu il y a huit jours exactement.

– Quoi ?! »

Cette précision me fait l'effet d'un électrochoc. Soudain, je me prends la tête entre les mains pour éviter le retour brutal de mes lourdeurs et nausées. J'ai le tournis… Je me frotte les yeux.

« Vous… vous allez bien ?

– Oui… oui… en fait… non… »

Je me lève, pensant ainsi me rétablir. Mais c'est pire. Je regarde au plafond…

(*... Vvvvrrr vvvvrrr vvvvrrr...*)

« Nom de Dieu, encore ce bruit ! Vous l'entendez ? »

Il me considère comme un débile avec son air de crétin.

(*... Vvvvrrrr vvvvrrr vvvvrrr...*)

« Bordel, ça recommence ! »

Je me précipite vers la sortie sans dire un mot, comme si la folie prenait vie dans mon corps.

Je déboule dehors à demi titubant. La lumière me fait crisser des dents. J'aperçois le taxi. Je continue à courir comme je peux, tel un pantin désarticulé, et manque de tomber à plusieurs reprises.

En plus de ce vibrato, des ombres au sol apparaissent de nouveau.

« Non ! Pas encore ! »

Je jette un œil dans le ciel, mais rien !

Je tente de courir encore plus vite. Les vibrations sont de plus en plus proches, comme si elles provenaient de mon oreille. Je fuis ces ombres qui semblent me pourchasser. Je finis par me jeter dans le taxi, tellement nauséeux que j'ai une nouvelle fois envie de vomir. Le rasta m'observe sans broncher…

À moitié mort, vautré sur la banquette arrière, je rouvre les yeux :

« Emmène-moi chez moi…

– *Okay*, *man*, mais tu me dois 5 millions de dollars… tu sais ça ?

– Quoi ? Mais qu'est-ce que tu me racontes ? T'es taré, toi ! »

C'est tout ce que j'ai le temps de lui dire : la tête en vrac, incapable d'aligner plus de deux mots, je m'évanouis encore.

5

… Je me redresse brutalement, dégoulinant de sueur.

Ma respiration est saccadée… l'impression d'avoir été privé d'air pendant quelques secondes, comme une noyade dans le néant…

J'arrive enfin à reprendre mon souffle, à le réguler… Je regarde à droite et à gauche sans trop savoir où je suis. J'ai la tête lourde…

Je jette un bref coup d'œil sur la table de nuit. Un verre encore à moitié plein, de whisky sûrement, repose sur un journal de la veille. J'en fais la une. Je lis les quelques lignes en diagonale avec en titre :

Billy Wake, l'enfant terrible du football

Comme un air de déjà-vu… *Mais oui*… Je me souviens. Rien n'a bougé, je suis dans ma chambre. Au même endroit que ce matin-là, où je suis parti avec Tina en voiture, le jour de l'accident.

Je me frotte les côtes, c'est comme si je pouvais ressentir les choses. Comme si c'était hier. Au passage, je tends ma jambe et touche mon genou. Je le plie plusieurs fois pour vérifier comment il se comporte. Ça craque de partout. Je lève les bras au ciel comme un chat qui s'étire et mon épaule me renvoie des décharges électriques.

Je pousse un cri de douleur. Je me tiens de nouveau les côtes. Sans hésiter, j'ouvre le tiroir et prends des antidouleurs. Les derniers de la boîte. J'avale la double dose. J'ingurgite le restant de whisky.

Puis, assailli de nouveaux flashs, je pose le verre lentement sur la table.

Je m'arrête net. Je me fige.

J'étais persuadé, au début, que rien n'avait bougé dans cette chambre depuis mon dernier départ. Depuis ce malheureux matin où Tina et moi avons eu cet accident. Qu'il était normal de retrouver ce verre, ces journaux, cette boîte de cachets dans le tiroir de la table de nuit…

Sauf que… lors de mon dernier réveil dans cette chambre, j'avais fini le whisky et pris les derniers cachets de la boîte.

Comment tout cela peut-il encore avoir lieu ? Comment puis-je avoir encore du whisky dans mon verre et des cachets dans cette boîte s'ils ont déjà été vidés ? C'est comme si je revivais strictement la même scène…

Je stresse.

Je me frotte de nouveau le visage. Puis la poitrine, qui me fait mal. Je grince des dents. Je prends une nouvelle inspiration. Je sors du lit comme un vieux.

Je traîne les pieds jusqu'à la salle de bains. Le néon grésille.

Bordel ! Je ne comprends pas. Je vis exactement les mêmes choses, strictement identiques, que le matin de l'accident… Je flippe complètement. Je suis dans l'incompréhension la plus totale.

L'éclairage est toujours un calvaire pour mes yeux…

Je me passe de l'eau sur le visage. Elle ruisselle sur ma peau. C'est comme une sensation étrange. Je fais quelques mouvements de mâchoire, histoire de me dérider.

C'est affreux : je peux ressentir et vivre les mêmes sensations que ce matin-là, au détail près. Je me regarde dans le miroir. Il y a encore cette buée. Sur le point d'utiliser une serviette pour l'enlever, je bloque… car je me souviens qu'à ce moment précis, j'avais entendu un bruit dans la cuisine, celui d'une tasse de café que l'on sort d'un placard et que l'on pose…

Soudain, le son en question retentit, comme la première fois.

« Tina ?! »

Je sors en trombe de la salle de bains, saute les marches de l'escalier quatre à quatre et déboule dans la cuisine.

« Mais… mais… qu'est-ce que vous foutez là ? »

Il touille tranquillement son café avec une cuillère, comme s'il m'attendait. Il est là, chez moi, planté dans ma cuisine… Le mec de l'hôpital.

« Comment ça va, Billy ?

– Comment ça, comment ça va ? Comment vous êtes arrivé là ? Qu'est-ce que vous foutez ici ? Et… Mais merde, il se passe quoi ? Dites-moi ? Je ne comprends plus rien, ces dernières heures n'ont ni queue ni tête : l'accident, la disparition de Tina, moi qui vois et entends des choses… ce taxi… ce flic bizarre, vous… Enfin quoi, j'ai l'impression que personne ne m'écoute ni ne me comprend ! Et là, ce matin, je me réveille, et dans ma chambre je revis des scènes à l'identique… Mais bon sang, non, ça ne va pas du tout !

– Calmez-vous… J'ai envie de vous dire que tout est normal.

– Quoi ? Normal ? Non, mais vous rigolez !?

– Hmm… non. »

Il garde son sérieux et sa sobriété. Je soupire.

« Et vous… qui êtes-vous, en fait ? »

En stress, je respire fort, comme si je venais de courir.

« Je suis là pour vous aider.

– Vous voulez m'aider ? Alors, aidez-moi à retrouver Tina, s'il vous plaît. »

Je me mets à pleurer tellement je suis fatigué, énervé et épuisé.

« D'accord.

– D'accord ?

– Oui, je vous l'ai dit. Mais à une condition : que vous acceptiez la vérité et que vous alliez jusqu'au bout.

– Mais oui, mec ! Pas de souci… on y va ! Mais de quelle vérité tu me parles ?

– De celle-ci ! »

Soudain, j'entends le vibrato. Encore une fois. *Vvvrrr, vvvrrr, vvvrrr*... Et les ombres reviennent… Mais nous sommes à l'intérieur de la maison, et il n'est pas logique de voir des ombres. Je suis en panique totale…

« Vous l'entendez ? »

Il me regarde fixement sans bouger.

« Oui, je l'entends aussi.

– Ah, bien… »

J'ai comme un petit sourire bête de soulagement.

« Et c'est quoi, hein ? Dites-moi…

– C'est juste moi !

– Quoi ?

– Billy… réveillez-vous… MAINTENANT ! »

À ces mots, les vibratos augmentent d'intensité et les ombres sont de plus en plus rapides. Telles des hélices au-dessus de ma tête, celles-ci se mettent à tourner au point que je m'écroule. Et je perds connaissance… encore.

6

Centre médical Carolinas.

« Billy ! Billy, réveillez-vous… Billy ! »

J'ouvre les yeux petit à petit… Et je le vois.

La bouche pâteuse, je commence à parler :

« Mais qu'est-ce que vous m'avez fait ?

– Personnellement… rien ! Je vous ai juste ramené parmi nous. »

Autour de moi, cette même pièce sordide avec cette peinture blanche, cette odeur de médicament permanente, mon haricot pour vomir sur la table, et mon seul ami apparemment dans la vie en ce moment, ce type. Sauf que, maintenant, à côté de lui se trouve un gus en blouse blanche, un calepin et un stylo à la main.

« Vous m'avez encore ramené dans cet hôpital…

– Techniquement… vous ne l'avez jamais quitté.

– Comment ça ? Je ne comprends pas… »

Je parle doucement, j'ai encore la tête qui tourne.

« Je vous ai demandé si vous étiez prêt à entendre la vérité. Vous vous rappelez ?

– Oui, je m'en souviens…

– Bien, c'est un bon début.

– Dites-moi ce qui se passe, bon Dieu !

– Alors, pour commencer… oui, vous avez bien eu un accident de voiture…

– Sans blague ! C'est ça, votre vérité ?

– … et, oui, Tina a bien disparu.

– Continuez…

– Par contre, tout ce que vous avez vécu ces dernières heures après votre accident… c'est-à-dire vos échappées de l'hôpital, vos rencontres avec le taxi, le flic… De tout ça, rien ne s'est réellement passé.

– Quoi ? Qu'est-ce que vous me dites ? Vous plaisantez ?

– Non, je ne plaisante jamais… En fait, vous déliriez… Laissez-vous faire. »

Il me prend délicatement la main et je me rends compte qu'elle est bandée. Seul le pouce émerge un peu. Il le place sur le haut de mon visage.

« C'est quoi, ça ?

– Un bandage très serré… Juste pour vous faire comprendre que l'accident que vous avez eu a été très violent et que votre tête s'est encastrée contre la vitre, puis l'airbag. Vous êtes resté plusieurs jours inconscient. Lorsque vous vous êtes réveillé la première fois, vous étiez persuadé d'avoir subi un petit traumatisme. Et vous vouliez vous lever très rapidement. Sauf qu'à peine debout, vous êtes tombé dans les pommes. Et le pire, c'est que vous ne vous en êtes même pas rendu compte.

– C'est un peu le principe de quelqu'un qui s'évanouit… non ?

– Je reformule : vous êtes tombé dans les pommes et vous avez continué de parler comme si vous étiez encore avec nous. En somme, votre corps vous a lâché, mais votre esprit était persuadé d'être encore présent avec moi dans la pièce et de vivre une autre réalité.

– Vous déconnez ?

– Non… Je vous l'ai dit, je ne plaisante jamais.

– Vous êtes en train de me dire que tout ce que j'ai fait n'a jamais eu lieu ? Que j'ai seulement cru le faire ?

– Depuis l'accident… oui.

– Mais alors, comment êtes-vous au courant pour le taxi, les flics ?

– Vous parliez en dormant. Votre esprit était tellement persuadé d'être présent physiquement que vous narriez toutes vos scènes en dormant. Pour preuve, j'ai tout noté au fur et à mesure. Et comme vous étiez perturbé, je n'ai pas osé, ou du moins je n'ai pas eu le temps de vous en parler ensuite. À vrai dire, vous vous êtes réveillé deux fois. Et vous êtes reparti deux fois. La première, c'était l'incompréhension totale de votre côté, et vous étiez inquiet pour Tina. Vous vous êtes levé trop vite et vous avez eu des bouffées de chaleur, la nausée, puis une envie de vomir soudaine. Votre tête partait en vrille et vous commenciez à voir flou… et vous vous êtes évanoui. Ce sont vos propres mots. C'est là la première fois que vous avez sombré dans vos rêves. Rappelez-vous : vous vous réveillez et je ne suis plus dans la pièce ; il n'y a personne dans le couloir, vous descendez à l'accueil pour tenter d'avoir des informations, puis quittez l'hôpital comme si de rien n'était. Vous prenez un taxi pour vous rendre chez vous…

– C'est pas vrai…

– Idem pour la seconde fois où je vous ai perdu. Je suis allé vous chercher un verre d'eau et selon vous, je ne suis pas revenu. En fait, une fois encore, vous avez perdu connaissance lorsque vous avez mis les pieds au sol. Et vous êtes tombé dans mes bras sans vous rendre compte que vous vous étiez évanoui. Et vous avez repris ce taxi pour vous rendre à la police.

– J'ai un peu de mal à vous croire…

– Pourtant, c'est bien la vérité. Et à l'inverse, lorsque, dans vos propres rêves, vous aviez la sensation de tomber dans les vapes, vous reveniez en fait dans la réalité, dans la "vraie vie", si je puis dire, ici, dans ce lit. Mais en vous réveillant, vous étiez encore dans les souvenirs de votre rêve, persuadé d'être dans le vrai. Tant et si bien que vous étiez sûr que votre fameux taxi vous avait ramené là. Souvenez-vous : chaque fois que vous percevez ce vibrato, vous vous évanouissez, et comme par hasard, vous vous réveillez à l'hôpital. Mais personne ne vous y a ramené, pour la simple et bonne raison que vous n'avez jamais quitté cette chambre. Vous vous demandez ce que sont ces vibrations et ces ombres qui vous font perdre conscience et vous ramènent dans la réalité ? Il s'agit de ceci… »

Il me montre un pendule.

« Voilà, Billy, la clef du mystère. Il me permet de vous ramener parmi nous. Regardez… »

Il le place au-dessus de mes yeux et le fait tourner lentement. Sa rotation produit un son léger, très léger… mais suffisamment audible pour que mes oreilles puissent le reconnaître : le vibrato.

« Le bruit et le souffle que vous avez ressenti, c'était ça.

– Bon sang, ce n'est pas possible…

– Je vous rassure, c'est normal, et ce son, très ténu en réalité, vous l'avez interprété dans vos rêves à votre façon, vous lui avez donné une tout autre dimension. Comme celle d'un bruit extravagant d'hélice, ou un vibrato… Quant à l'ombre, elle est due tout simplement à cette lumière… »

Il prend une petite lampe et la dirige vers moi.

« Fermez les yeux, sinon, cela va vous faire mal. »

Je m'exécute.

« C'est le passage du pendule devant le faisceau lumineux qui provoque ce jeu d'ombres… voilà vous pouvez ouvrir les yeux maintenant. »

Il a arrêté le mouvement du pendule et éteint la lampe.

« Au moment où vous entendiez ce bruit et voyiez ces ombres, votre esprit lâchait prise et vous reveniez parmi nous, d'où vos sensations de nausée dans vos rêves… Le corps et l'esprit ne doivent faire qu'un, et leur séparation n'est jamais anodine. Tout comme le retour à leur fusion. Plusieurs fois, j'ai tenté de vous ramener, mais vous étiez résistant. Pensez à cette lumière jaillissante qui vous éblouissait chaque fois que vous sortiez de l'hôpital, le néon de votre salle de bains… C'était moi qui tentais de vous récupérer. »

Stupéfait, je fixe le mur de la pièce.

« Vous pensez que je suis malade ? Ou fou ? C'est ça ? J'ai déliré sur tout ?

– Eh bien, je vais vous rassurer : non, vous n'êtes pas fou, enfin, pas exactement… Vous êtes perturbé, et je suis là pour vous aider.

– Mais qui êtes-vous, en réalité ? Je ne sais même pas ce que vous faites là !

– Je suis le Dr Borg, je suis neurologue et je travaille dans cet hôpital. En parallèle, je suis aussi hypnothérapeute. J'ai passé cette formation il y a de ça plusieurs années, car il s'avère que cette médecine douce possède énormément de vertus dans l'accompagnement des anesthésies, pour le réveil, ou pour les soins post-traumatiques.

– Pour moi, c'est le package, en somme !

– On peut dire ça, oui !

– C'est la première fois que je vous vois sourire ! Donc, vous êtes docteur, en fait.

– Oui, je le suis. J'ai bien tenté de vous le dire au début, mais vous m'avez coupé dans mon élan. Et je suis là pour vous. Et je vous le répète : vous n'êtes pas fou. Juste un peu perdu. »

Je prends le temps d'observer le Dr Borg : une cinquantaine d'années, une calvitie très prononcée et des lunettes rondes. Sous son air sérieux, je vois quelqu'un d'humain et de compréhensif. Il continue de m'expliquer son métier et sa spécialité. Sa voix est apaisante et réconfortante. Je ne saurais me l'expliquer, mais je me sens à l'aise avec lui.

« Mais alors, qu'est-ce qui est vrai dans tout mon délire ?

– Tina a bien disparu, je suis d'accord avec vous, et nous allons tout faire pour la retrouver. Même si durant ces dernières heures, n'importe qui pourrait croire que vous déliriez, ou pire, que vous aviez des hallucinations. Lors de ces rêves, et notamment en état d'hypnose, le patient dit toujours la vérité. Consciemment ou pas, et de manière directe ou détournée. »

Je le regarde sans trop savoir s'il se fout de moi ou pas.

« Et cet homme que vous voyez derrière moi… eh bien, il va nous aider. »

Ce dernier fait un signe bref de la tête.

« Billy, regardez-moi, reprend le docteur. Durant vos rêves, j'ai tout noté. Et il s'avère qu'ils ne se limitent pas à de simples délires. Il y a une grande partie de vos souvenirs qui sont mélangés. C'est un processus ancré dans le corps et lié à l'activité cérébrale au cours du sommeil. Le rêve se caractérise par une suite, organisée ou non, d'images et de représentations mentales ; en aucun cas il n'est une hallucination. Vécu avec émotions et sensations par le psychisme, il est aussi une disposition de l'esprit qui procure à l'individu éveillé des souvenirs… Ce qui explique que vous aviez l'impression de le vivre. À tel point que vous parliez en dormant. Vous avez décrit les dialogues, les scènes, donné des indices… plus que réels. Et toutes ces choses ont bien eu lieu. Du moins, certaines… Mais pas forcément dans l'ordre de vos rêves. Et surtout, avec des pièces manquantes.

– Je ne comprends pas tout… j'ai déjà vécu mon rêve…

– Non, vous l'avez construit. Le rêve, dans son récit et sa narration temporelle, peut sembler n'avoir aucun sens et paraître absurde en soi. Combien de fois une personne se réveille après avoir fait un rêve où il n'existe pas de lien entre le lieu, les personnes, les sujets… Le rêve est conçu comme un moyen de s'affranchir du temps et de l'espace ordinaires, ou d'accéder au surnaturel. Mais ce qui est sûr, c'est que sa construction se base sur du vécu. Des périodes, des instants de vie, des faits marquants de la vie réelle. »

Je le regarde sans trop savoir où il veut en venir.

« Ce que j'essaye de vous dire, c'est que lors de vos rêves, il y a une multitude d'indices réels qui vont nous permettre de retracer la vérité et de retrouver Tina. Vous-même, dans votre état, n'arrivez pas à retrouver la vérité, et votre esprit l'a en partie reconstruite à l'aide des rêves. Seul, vous n'accéderez pas à toute la vérité. Mais je suis là pour vous aider, et je suis sûr qu'ensemble, nous allons trouver la clef. »

Dubitatif, je jette un œil au gars juste derrière, qui ne bronche pas d'un poil, son bloc-notes dans les mains.

« Vous êtes un grand malade, vous, c'est ça ?

– De mon point de vue, ce n'est pas moi qui suis allongé sur un lit d'hôpital après un accident de la route avec une bonbonne de bandes sur la tête…

– Vous marquez un point, Doc. Et si je comprends bien… vous dites que dans toute cette histoire de taxi, de rastaman, de flics… qui n'a ni queue ni tête, il y a toute la vérité ? Mais comment distinguer le vrai du faux de mes rêves et en extraire uniquement la vérité pour nous permettre de remonter toute l'histoire ?

– Alors, comme je vous le disais, ce n'est pas forcément votre parcours en taxi qui nous intéresse, mais plutôt les détails tels que les journaux, le message papier, l'agence Millwood, peut-être le rasta ou le matin où vous partez avec Tina dans cette voiture… je n'en ai aucune idée… Mais dites-vous bien que toute la vérité, vos réels souvenirs ont été rassemblés, mélangés, mis dans un shaker et balancés dans votre rêve... Tout est là, sous vos yeux, du moins dans votre tête, mais vous ne pouvez ni le maîtriser ni le comprendre, et vous passez à côté de tout.

– Vous me parlez de Tina ce matin-là... mais ça, je l'ai vécu, c'est le jour de l'accident !

– Vous avez subi l'accident, mais dès votre arrivée à l'hôpital, vous avez attaqué votre rêve... Attendez, je reprends mes notes... Voilà, c'est là : vous vous réveillez dans votre lit, vous avez mal, voyez les journaux, prenez des cachets... Et c'est là que la boucle de votre rêve se termine, car vous le recommencez en vous réveillant dans votre lit avec cette sensation d'avoir déjà vécu cette scène. C'est à ce moment-là que j'ai décidé d'intervenir et de vous faire revenir parmi nous. Je savais qu'une fois la boucle faite, nous n'aurions pas d'autres souvenirs concrets de votre part.

– Je crois rêver...

– Là, non... vous êtes bien dans le réel. »

Je pouffe doucement. Le médecin a un humour empreint de beaucoup de légèreté. Une facilité à dédramatiser et à me faire sourire. De nous deux, je ne sais pas qui est le plus motivé. Je n'y crois toujours pas, mais lui en est tellement persuadé...

« Et comment allez-vous vous y prendre pour démêler tout ça ?

– Nous allons rêver tous les deux...

– Pardon ?

– Je vais vous accompagner dans vos rêves. Mais nous n'allons pas être acteurs, seulement spectateurs.

– Je ne comprends pas...

– Je vais vous mettre en état d'hypnose, et grâce à cela, je serai avec vous. Nous serons tous les deux dans une sorte de sas de votre inconscient, et nous repartirons dans vos rêves : votre chambre, votre maison...

Nous reverrons un à un les détails sur lesquels il vous faudra travailler pour nous replonger dans la vérité. Puis, grâce à l'hypnose et à votre rêve, nous irons chercher cette vérité au fond de votre subconscient, et la réalité de ce qu'il s'est passé. Nous basculerons tous les deux dans un fauteuil d'une salle de cinéma. Une pièce neutre pour vous et moi. Et nous pourrons voir à l'écran, sous la transposition de vos rêves, vos véritables souvenirs.

– Et c'est possible tout ça ?

– Avec moi, oui ! Vous passerez par diverses sensations allant d'un certain bien-être à parfois des angoisses. On ne forcera rien. Nous reviendrons souvent ici, dans cette chambre ; votre esprit aura besoin de revenir à la réalité. Nous procéderons par étapes. Il ne faudra rien brusquer.

– Donc, si je résume, on sera ici, dans la vraie vie, mais lorsque je serai en hypnose, nous serons plongés tous les deux dans mes souvenirs, les vrais, eux, c'est ça ?

– C'est ça.

– Et pour revivre mes vrais souvenirs comme spectateur… on va devoir éplucher mes derniers rêves, parsemés d'indices un peu partout, qui renferment mon passé, la vérité… En somme, on va rechercher mes souvenirs à travers mes rêves en état d'hypnose ?

– Exactement !

– Euh… C'est nouveau comme option dans les hôpitaux, ça !

– Ça peut vous paraître invraisemblable, voire irréel… Mais c'est une technique que je développe depuis de nombreuses années, et je vous garantis que ça fonctionne.

– Mais comment pourrez-vous être avec moi dans ce sas, ou ce cinéma… et même m'accompagner dans mon rêve ?

– On se parlera… Vous serez sous hypnose et en communication constante avec moi. Vous vous imaginerez dans une salle, et votre esprit va me matérialiser comme si j'étais à côté de vous, nous dialoguerons comme si nous étions réellement l'un à côté de l'autre.

– Mais vous serez à côté de moi de toute façon, à côté de mon lit en réalité, comme c'est le cas maintenant…

– Oui, mais vous n'en aurez pas conscience. Vous serez persuadé que je suis avec vous, et non ici. Par étapes, nous repartirons d'abord dans vos rêves afin de mettre le doigt sur des indices probants. Lorsque vous les retrouverez, votre esprit va se libérer de lui-même et nous vivrons vos souvenirs tel un film qui se déroulera devant nous. Mais attention : de ces souvenirs, vous ne serez que spectateur, je vous le rappelle, vous ne pourrez ni intervenir ni parler. Vous ne pourrez que vous regarder, vous entendre et voir ce qu'il s'est réellement passé. Vous visionnerez le film de votre vie.

– Mais on va remonter jusqu'à quand ?

– Les indices parleront d'eux-mêmes. À nous de trouver la porte d'entrée. Votre esprit a parsemé des indices dans vos rêves ; ils sont les clefs de la vérité et de la réalité de votre passé. Et nous allons les remonter et retrouver Tina…

– Alors, on y va, ne perdons pas de temps !

– Du calme, Billy… ça ne se passe pas comme ça… Aujourd'hui, nous ne ferons rien. Les séances d'hypnose comme je les propose sont lourdes et demandent beaucoup trop d'énergie… Nous attaquerons demain.

– Mais… Tina ? »

Le docteur consulte sa montre :

« Nous sommes le lundi 16 janvier, et il est 18 h 20… on ne fera rien ce soir. La séance ne servirait pas à grand-chose. Il vaut mieux un esprit reposé.

– Mais vous avez fait venir votre collègue en plus… »

L'homme sourit.

« Ne vous inquiétez pas, ça fait partie du protocole. Demain, à 8 heures, je serai ici avec vous et nous pratiquerons une séance. Mon premier patient est à 9 heures, nous aurons une heure devant nous. Car je vous rappelle que je suis aussi neurologue, et donc que je n'ai pas que votre cas à traiter. Reposez-vous et à demain. »

Ils sortent tous les deux. Derrière la porte, je les entends murmurer, mais impossible de comprendre ce qu'ils racontent. Par moments le ton monte. Puis leurs voix diminuent. Puis plus rien.

Les infirmières me font les soins, et c'est là que je prends réellement conscience de l'étendue des dégâts. Trop pris dans mes songes depuis mon réveil, aspiré par mes souvenirs, mon accident, la disparition de Tina… j'étais persuadé que je n'avais pas grand-chose… et je viens de découvrir une tout autre réalité : mes mains sont bandées, je suis relié à de multiples appareils de surveillance, une sonde urinaire sort de mon lit – je vois le liquide jaunâtre couler lentement dans le tuyau pour descendre dans la poche –, ma poitrine est enserrée par des bandages, et quasiment toute ma tête en est aussi recouverte. L'accident que j'ai subi en voiture a dû être monstrueux pour en arriver à tout mélanger et croire que je vivais des scènes de vie, alors que j'étais simplement en train de rêver dans ce lit d'hôpital… Vraiment, le choc a dû être terrible !

Dans mon esprit je n'ai qu'une image qui me reste : Tina. Ma belle Italienne. Malgré son caractère, je sais qu'elle est fragile. Ne pas savoir où elle est m'angoisse. Je suis fébrile. Je ne suis rien sans elle. S'il lui est arrivé quelque chose, je ne me le pardonnerais jamais…

Mon amour, où es-tu ?

7

Mardi 17 janvier – 8 h 05.

Après avoir réussi à m'hydrater un peu avec une paille, je m'enfonce dans l'oreiller, la tête encore lourde. J'ai pris conscience de mon état : je suis une sorte de momie.

Le type derrière le docteur ne dit toujours pas grand-chose, pour ne pas dire rien. Il semble être là juste pour prendre des notes. Comme un cobaye d'une nouvelle expérience, je ne suis pas serein.

Le docteur, lui, est tranquille ; maîtrisant son sujet, il essaye de me mettre à l'aise.

« C'est bon, Billy, vous êtes prêt ?

– Pfff, je ne sais pas si on peut dire ça comme ça… »

Je n'y avais pas prêté attention jusqu'à maintenant, mais, depuis mon véritable réveil, je peux entendre ce qui semble être des cris et des gémissements provenant du couloir.

« C'est quoi, ces cris ? C'est affreux. On dirait que quelqu'un hurle à la mort.

– Nous sommes dans un hôpital… d'autres patients sont ici…

– À l'entendre souffrir, j'ai mal pour lui.

– Les maux et les douleurs sont divers et s'expriment tous de différentes manières.

– Au final, j'ai de la chance, c'est ça ?

– Je n'utiliserais pas le mot “chance”, dans votre cas.

– Mais je souffre moins que lui, à l'entendre. »

Le docteur a un petit rictus sympathique à mon égard, et il replante le cadre, histoire de rester focalisés sur nous.

« Je ne sais pas, apparemment, c'est vous le super joueur de football…

– Bla-bla-bla…

– Avant de commencer la séance, il nous faut être sûrs de bien vous faire "repartir" chez vous. Je vais vous demander de me confirmer certains détails : le fait de les entendre et de me les dire va nous permettre une projection plus rapide. Vous habitez bien au 598 Bascom Street, Chantilly ?

– Oui, enfin, c'est la maison de Tina. Elle appartient à ses parents, qui sont partis vivre en Europe. De mon côté, je suis logé dans un appartement fourni par le club, mais avec Tina, on se sentait plus à l'aise chez elle. Une maison avec jardin, c'est plus sympa.

– Billy, vous avez 23 ans, vous êtes originaire de la Caroline du Nord.

– Oui.

– Vous êtes un enfant du pays ?

– On peut dire ça.

– Et Tina ?

– Elle est née en Italie, mais très jeune, ses parents ont déménagé aux États-Unis pour le travail. Elle a grandi ici, on était dans le même lycée. Puis, ses parents sont repartis vivre en Italie, mais Tina est restée pour ses études… et pour moi. »

Le docteur, de par ses questions, me détend. Sans le savoir, le fait de parler de moi me calme.

« Très bien. Maintenant, respirez profondément, on y va. »

Il prend son pendule et, tout doucement, le fait tournoyer au-dessus de ma tête, puis il allume sa petite lampe.

« Fermez les yeux et n'écoutez que ma voix… Respirez profondément et concentrez-vous uniquement sur ma voix. Vous êtes bien, détendu, comme sur un lit de coton, vous sentez de la légèreté dans vos jambes, dans vos bras. Vous vous laissez bercer par le mouvement du pendule. Vous sentez cette fine brise d'air qui passe au-dessus de votre tête. Vous libérez votre corps, vous libérez votre esprit. Ma voix est de plus en plus douce, vous n'écoutez que moi… À "trois", vous allez vous endormir, vous serez dans un fauteuil, le fauteuil de votre cinéma, celui de votre enfance… est-ce que vous voyez ce fauteuil, Billy ?

– Oui… je le vois…

– Vous êtes assis dedans, et autour de vous, il fait sombre, sombre comme la nuit. Vous n'entendez que ma voix. Vous êtes assis, Billy, et vous attendez le film…

– Oui, je l'attends…

– Vous êtes bien, Billy, vous attendez votre film… Vous vous sentez léger, vous vous laissez bercer au rythme du tic-tac d'une horloge… tic tac, tic tac… vous partez… Vous êtes prêt, Billy ?

– Oui, je suis prêt…

– Alors, à "trois" vous allez dormir, Billy : un… deux… trois… »

*

… tic tac, tic tac, tic tac…

« Ouvrez les yeux, Billy. »

Il fait noir. Je suis assis dans un cinéma. Vide. Il y a plus d'une centaine de places. Les fauteuils sont rouge vif. Je me tourne sur la gauche et vois le docteur assis à côté de moi. Nous sommes là, seuls au milieu de cette salle.

« On est où, Doc ?

– Dans votre subconscient… Ce lieu est la représentation que vous vous êtes faite concernant le moyen d'aller chercher vos souvenirs. Je vous ai un peu influencé sur le choix, mais n'importe quel endroit aurait pu faire l'affaire. »

Je me mets à caresser les fauteuils, puis à toucher le docteur, pour vérifier qu'il est bien là.

« Qu'est-ce que vous faites ?

– J'arrive à vous toucher ? Pourquoi ? Vous n'êtes pas là, en réalité…

– Dois-je vous rappeler que vous non plus, vous n'êtes pas là ? Je suis juste une projection de votre subconscient ; donc, pour vous, je suis réellement là, et vous avez l'impression de me toucher comme si nous étions vraiment ensemble ici.

– C'est dingue, ce truc…

– On y va ?

– Oui ! Et donc, on fait quoi maintenant ?

– Nous allons repartir dans vos derniers rêves. Il faut que nous trouvions les indices, la première porte d'entrée qui va nous permettre de revenir ici, dans cette salle, pour visionner le film de votre passé…

– O.K., très bien.

– Alors, on repart… Fermez les yeux. »

*

Le docteur, penché sur son patient, accélère son pendule, puis lui parle doucement dans le creux de l'oreille :

« Vous êtes endormi, vous êtes dans votre lit, chez vous. Souvenez-vous, vous allez vous réveiller dans votre chambre, ce matin où vous entendez Tina… Billy, vous vous rappelez ? Êtes-vous là-bas ?

– Oui, j'y suis… »

Il agite le pendule de plus en plus vite…

*

« Ouvrez les yeux, Billy. »

J'obtempère et découvre un plafond blanc. Celui de ma chambre. Tout doucement, je me tourne et m'assois sur mon lit. Je suis bien chez nous. Je regarde autour de moi et remarque le verre de whisky avec encore ce fond d'alcool grâce auquel j'ai pu avaler les derniers cachets. Je ne peux m'empêcher d'ouvrir le tiroir : il y a bien cette boîte, et au fond, il n'en reste que deux.

C'est dingue, ce truc...

Je me retourne et note le même bazar dans la chambre. C'est incompréhensible.

Bordel, je suis conscient de vivre dans mon rêve !

Dans un éclair de génie, je pense à Tina, qui doit être en bas. Je veux me précipiter pour la voir, mais inconsciemment, je ne sais pas pourquoi, je me force à prendre les derniers cachets et à boire ce verre... Puis je me lève et vais dans la salle de bains. Je me jette de l'eau au visage, comme pour me réveiller. Je ne veux rien faire de tout ça, je suis pressé de descendre, mais il faut que je le fasse.

En déboulant dans la cuisine, je ne trouve personne. J'ai un moment de panique.

« Mais ce n'est pas normal, ça ! Hé, Doc ! »

J'ai crié. J'entends ma voix résonner comme dans une immense pièce.

Mais mince, je suis tout seul !

« Doooooc !

– Je suis là, calmez-vous. »

Il est apparu d'un coup.

« Mais pourquoi vous n'étiez pas avec moi à mon réveil ?

– Nous sommes dans votre subconscient, je n'apparais que si vous le désirez.

– Mais c'est terrible, votre machin ! C'est à n'y rien comprendre ! Mais où est Tina ? Je ne percute pas, dans mon rêve, elle y était !

– C'est là que nous devons faire le tri de ce qui est vrai ou pas. Dans votre rêve, vous avez matérialisé Tina, mais la réalité vous rattrape, et de ce fait, elle n'y est pas. Du moins, plus, car votre conscience sait qu'elle a disparu, ce qu'a intégré votre subconscient, et donc, votre rêve ne la prend plus en compte.

– Je n'ai rien compris…

– Ne vous attardez pas sur Tina, mais sur les indices qui vont nous permettre de retrouver vos souvenirs.

– Oui, mais par où commencer ?

– Souvent, il nous faut trouver une date de départ, qui doit être matérialisée quelque part... cherchons... enfin... cherchez… car il n'y a que vous dans votre tête.

– Ha ha ! Bravo ! »

Je me mets à fouiner dans la cuisine, puis le salon ; je scrute les agendas, mais rien. Puis je remonte dans la chambre. En arrivant, le docteur est planté là, comme par enchantement.

« Mais putain, vous m'avez fait peur !

– Je ne fais rien, c'est vous qui vous rassurez en me voulant près de vous. Donc, vous me matérialisez chaque fois que vous le désirez, inconsciemment ou pas…

– Ben c'est pratique, votre truc ! Je ne sais pas où chercher…

– Généralement, il y a un début et une fin… Commencez par le commencement.

– Ah ! mais on joue aux devinettes, en plus ! O.K., O.K., je me rappelle… J'ouvre les yeux, j'ai mal partout et je prends ces cachets, puis sur ma table de nuit… le journal ! »

Je me précipite dessus et lis à haute voix l'article :

... De boire aux déboires, le jeune Billy Wake continue sa descente aux enfers : retrouvé ivre mort, il a été interpellé par la police et mis en cellule de dégrisement... déjà condamné à multiples reprises pour ivresse sur la voie publique, insultes, agressions... on ne compte plus les mauvais trophées de ce jeune prodige du foot...

« Ce sont vos exploits ?

– Oui, je n'en suis pas fier… Mais c'est à cause de l'arrêt du football, depuis la finale. Je ne peux plus jouer et j'ai commencé à déraper un peu.

– Et quelle date indique le journal ?

– Je n'arrive pas à la lire, c'est déchiré à cet endroit. Mais si je me souviens bien de ces déboires… je ne comprends pas… À cette date, je ne jouais déjà plus au foot !

– Cela veut dire quoi ?

– Ça veut dire, que…

– Que quoi, Billy ? »

Je ne bouge plus et réfléchis… Je visualise le whisky sur la table, la boîte de médicaments vide…

« Je… je… me rappelle certaines soirées… avec mes potes lorsque je jouais… mais je ne dérapais pas… enfin, je crois…

– Ça va vous revenir. »

Je redescends en vitesse dans la cuisine et prends mon agenda. Je tourne les pages jusqu'au 17 novembre, où il est inscrit : « *Soirée Jimmy* ».

« Doc !! Je me souviens ! Je me souviens, on avait une fête ce soir-là chez mon pote de l'équipe, Jimmy !

– Jimmy comment ?

– Il s'appelle Jimmy Clegg, et… »

Soudain, je repense à mon taxi, qui s'obstinait à me dire que son surnom était Jimmy, en référence à « Jimmy Clegg ».

« Bon sang, dites-moi que ce n'est pas vrai !

– Je vous l'ai dit, Billy, tout est là, mais rien n'est forcément dans le bon ordre… Le nom de votre chauffeur de taxi, Jimmy Clegg, était un indice concernant la soirée que vous avez passée chez votre ami… Tout le reste sera de la même trempe, et nous allons devoir tout retracer… Maintenant, nous allons essayer de sortir de votre rêve et partir dans vos souvenirs, les vrais, ceux qui vont nous permettre de retrouver la vérité sur tout ce qui s'est passé… »

*

Le docteur ne fléchit pas et garde le rythme du pendule. Les paupières de son patient tremblent, il a la bouche ouverte et respire fort.

« Billy, nous sortons de votre chambre. Nous nous retrouvons dans ce fauteuil de cinéma. Ce fauteuil rouge. Vous êtes confortablement assis, vous êtes bien, je suis à côté de vous… Est-ce que vous me voyez, est-ce que vous pouvez me toucher ?

– Oui, j'y suis… et je vous vois.

– Alors, nous allons partir dans vos souvenirs… maintenant ! »

*

J'ouvre les yeux : nous sommes revenus dans la salle de cinéma. Soudain, un immense écran blanc apparaît devant nous, comme si un film allait y être projeté. Puis les souvenirs arrivent…

… Je suis dans la voiture avec Tina. Nous sommes habillés pour une soirée. Garés dans le jardin d'une maison. C'est la maison de campagne des parents de Jimmy.

« Vous savez où vous êtes ?

– Oui, nous sommes proches d'Ansonville, dans la campagne aux alentours de Charlotte. Les parents de Jimmy sont très riches et ils possèdent plusieurs maisons. Il a l'habitude d'organiser des soirées. C'est toujours bien, car on peut faire ce qu'on veut et on dort souvent chez lui. Mais ce soir-là, Tina ne voulait pas qu'on reste… je m'en souviens maintenant. On avait fait une cinquantaine de kilomètres pour aller chez lui, et elle savait que je n'allais pas boire comme un trou si je devais conduire pour le retour.

– Donc, vous aviez déjà eu des déboires avant… »

Le regard dans le vide, je suis stupéfait de ne pas m'en être souvenu.

« Oui… il faut croire que oui, malheureusement. »

À l'écran, Tina et moi sommes prêts à descendre du véhicule pour rejoindre les autres.

*

« Billy, j'ai pas envie d'y aller…

– Mais pourquoi ? Ce sont mes potes ?

– Chaque fois, ça finit de la même manière : vous buvez comme des trous, vous êtes bourrés… et… tu me laisses seule tout le temps, tu restes avec eux !

– *Heyyy*, bébé ! Mais qu'est-ce qui t'arrive ? Mon ange, je suis là !

– Billy, arrête avec tes "*heyyyyy*, mon bébé" ! C'est toujours la même chose !

– Mais ce soir, on ne dort pas ici, on rentre chez nous, donc, je vais rester avec toi toute la soirée… »

*

Assis dans mon fauteuil rouge, je n'en reviens pas.

« Ben merde ! Dans mon rêve, je me souviens de ce taxi qui me gonflait avec ses "*Heyyy*"… Je n'avais pas percuté que c'était moi qui agaçais Tina… »

Le docteur me coupe :

« Je vous l'ai dit, Billy : dans vos rêves, rien n'est dû au hasard, c'est juste que tout est mélangé et sorti du contexte… On va tout remettre dans le bon ordre, il faut que vous soyez patient.

– Mais là, je ne comprends pas, on ne peut pas intervenir dans ce que l'on voit ?

– Non, ici, ce sont vos souvenirs réels. On ne peut ni les changer ni intervenir, car c'est votre vécu. Je vous rappelle qu'on est juste là en tant que spectateurs, et non pas acteurs. Ici, on reprend le fil de la réalité et de votre passé… Maintenant, souvenez-vous en regardant les scènes de votre vie comme s'il s'agissait d'un film… »

*

« Mais, bébé, qu'est-ce qui t'arrive ? T'es en panique ou quoi ? Ho ! Qu'est-ce que t'as ?

– Mais rien ! C'est juste que toutes vos soirées partent en couille de plus en plus souvent. Au début, ça me faisait rire, mais plus maintenant. Depuis que t'es pote avec ce Jimmy…

– Il est cool, Jimmy ! C'est mon quart-arrière… tu sais qu'on joue pour lui. Sans lui, toute l'équipe se casse la figure.

– Je ne te parle pas de sport, Billy… je te parle de la personne. Je n'aime pas ses fréquentations, il traîne avec toutes sortes de gars… on dirait la mafia, ses potes. T'as vu son agent ? T'as vu qui c'est ? Sans déconner, ne me dis pas que tu ne vois rien ! »

Tina regarde la pluie tomber à travers la vitre. On peut ressentir son agacement. Billy se rapproche d'elle :

« Mais si, je sais très bien qui est son agent. Jimmy est en passe de devenir le futur *quarterback* titulaire… et oui, ça gravite autour de lui. Mais moi, je suis là… avec toi ! Et mon agent, ce n'est pas celui de Jimmy, hein ! Allez, arrête de faire la tête, tu vas gâcher la soirée… C'est cool…

– Aussi cool que la dernière fois où je suis allée te récupérer chez les flics, Billy ? Hein ? Tu te souviens de ça ? Des journaux, de la presse… tu as fait la une avec ça ! Ton sponsor principal t'a lâché pour ce que tu as fait. Je te rappelle que ton contrat n'est pas finalisé et… et… franco, Billy, t'es en train de déconner ! J'en ai rien à faire de ce que tu fais avec ton fric, je ne t'ai jamais embêté avec ça, mais tu claques ton pognon dans le jeu… t'en claques beaucoup trop…

– Mais ce sponsor, c'était un naze, il n'accordait aucune confiance ! Et puis, j'en ai d'autres… Bon, O.K., la dernière fois, j'avoue, j'ai fait n'importe quoi… Mais promis, ce soir, je me tiens tranquille. C'est une soirée de poker entre potes, rien de plus. On joue que dalle en fric… Et pour le fric, t'en fais pas, on va jouer cette finale, et à partir de là, tous nos ennuis seront terminés ! Je te le jure, Tina ! On boit quelques verres pour se détendre et basta. On rentre et on baise comme on sait le faire !

– Arrête, je ne suis pas d'humeur… Je suis inquiète, Billy…

– Mais de quoi ?

– Pour toi, pour nous… Tu crois que je ne vois pas les cachets que tu prends ? Mélangés à l'alcool, tu trouves ça bien ?

– C'est pour mes douleurs, c'est le docteur du club qui me les a donnés !

– Arrête, Billy, c'est Jimmy qui te les donne !

– C'est le docteur de Jimmy, mais c'est pareil, tous les joueurs en prennent. C'est normal quand on est joueur de football. *Heyyyyyy* ! Regarde-moi : Billy est indestructible, O.K. ?

– C'est bon, arrête avec tes "*heyyyyy*", t'es lourdingue à la fin !

– Mais c'est pour rigoler… et je te rappelle que c'est avec ces "*heyyy*" que je t'ai draguée ! Et ça a marché !

– T'es con… Je t'aime, Billy… mais je n'aime pas ce type et tous ses potes, c'est tout ! »

Tina a les larmes aux yeux.

« T'inquiète… Allez, viens, on y va et ce soir, tu restes à côté de moi toute la soirée. Et moi aussi, je t'aime. Tu es tout pour moi. Sans toi, je ne serais jamais devenu le footballeur que je suis. Sans toi, je ne suis rien, Tina… tu m'entends ?

– Je t'aime tellement, Billy…

– Moi aussi, ma belle. »

Billy prend Tina dans ses bras. Elle ne peut s'empêcher de pleurer. Lui, la réconforte.

8

Je nous regarde, Tina et moi, en train de nous embrasser et nous serrer dans les bras.

« Ça va, Billy ?

– Oui, ça va. On est fous amoureux l'un de l'autre.

– Vous connaissez Tina depuis longtemps.

– Oui, depuis le lycée, et on ne s'est jamais quittés. Elle est issue d'un milieu aisé et moi, on m'a donné une bourse, car je cours vite. Elle m'a toujours soutenu et accompagné dans mes choix… Tina n'est pas comme toutes ces filles ; c'est une tronche. Elle a eu son diplôme avec un an d'avance, et elle a fait de hautes études commerciales. Elle ne se projette pas pour le moment. Elle a mis sa carrière en suspens en attendant de savoir où je vais, si le football va me permettre de faire une carrière. Elle complète ses études avec de nombreux stages. Franchement, elle aurait pu se barrer un milliard de fois. J'ai tellement déconné que je mérite que ça. Mais elle reste, elle croit en moi. Je ne sais pas pourquoi, mais depuis le lycée elle a toujours vu en moi un gosse gentil, innocent… ignorant. Elle me disait que c'était la qualité la plus douce qu'un garçon pouvait avoir. Je suis honnête avec elle. Je me comporte comme un gamin… mais je suis toujours franc avec elle. Jamais je ne la trahirai, jamais je ne la tromperai… C'est vrai que je n'ai jamais été comme ces autres joueurs. Je pense que j'essaye de me comporter comme eux parce qu'il faut faire comme tout le monde. Dans ce milieu, si t'es pas un tueur, si tu ne montres pas les dents, alors tu te fais marcher dessus. Pour moi, le football est une porte de sortie. Je n'ai pas l'intelligence de Tina… Je lui dois tout. Elle est la tête et moi les jambes. Elle réfléchit pour nous deux et on se fait entièrement confiance. Elle est mon nord et je suis son sud… Je pense qu'au fond on se complète. Elle m'apporte la stabilité et la sérénité. Tina, c'est toute ma vie, mais je ne le lui montre pas assez.

– Apparemment, elle avait peur pour vous.

– Elle a toujours eu peur pour moi. Elle m'a toujours vu comme quelqu'un de fragile. Elle est hyper protectrice avec moi. Et jamais personne ne m'a regardé comme elle me regarde. Elle est l'amour de ma vie. Mais bref, passons. Là n'est pas le sujet.

– Pour revenir au sujet principal, vos rêves ont bien retracé les médicaments que vous preniez et ce whisky sur votre table de nuit, en lien avec vos soirées arrosées. Quant au journal, il raconte votre arrestation quelques jours plus tôt dans la rubrique des faits divers…

– Oui, vous me l'aviez dit… tout est là. »

J'ai la gorge nouée.

« J'ai du mal à respirer…

– Voulez-vous qu'on stoppe pour le moment ?

– Non, pas encore, je veux savoir la suite… »

Je nous vois devant la porte de chez Jimmy. Quand il l'ouvre, je découvre un grand Black avec des dreadlocks.

« Bordel ! mais c'est mon chauffeur, ce débile de rasta ! Je n'y crois pas : je n'ai même pas percuté que ce taximan rasta était mon pote du foot… Les rêves sont vraiment étranges… »

La soirée commence et nous jouons au poker. Rien de transcendant. À la table, nous sommes six : il y a Jimmy, son agent, Georgio, deux autres joueurs de l'équipe, Mick et Tommy, et un mec que je ne connais pas. Tina est assise sur moi. L'ambiance est calme.

*

« Et full !

– Et merde ! Putain, Billy, tu fais chier ! crie Georgio.

– Désolé, les gars, mais vous allez repartir en slip, ce soir !

– Un autre verre, Billy ?

– Allez ! »

Tina regarde Billy du coin de l'œil. Depuis le début de la soirée, elle n'a pas dit un mot.

« Ouh làààà… Billy, je crois que ta femme n'apprécie pas trop !

– Nonnn ! Elle a confiance ! Hein, Tina ?

– En Billy, oui ! lance cette dernière en fusillant du regard l'ensemble de la tablée.

– Au fait, je ne me suis pas présenté, mais je me nomme Richard, Richard McCarty, et voici ma carte. Je fais partie du syndicat des joueurs. »

Il fait glisser le bristol jusqu'à la main de Tina.

« Je ne comprends pas : c'est quoi et ça sert à quoi, un syndicat ? »

Elle a posé cette question sur un ton à la limite de l'arrogance.

« C'est une association au cas où les joueurs auraient des besoins… particuliers. »

Richard, pendant son explication, a pointé du doigt Billy, Jimmy, Mick et Tommy.

« Comme quoi ?

– Nous intervenons sur différents points.

– Mais il y a les agents pour ça… comme Georgio ! Hein, Georgio ?

– Ben… écoute, Billy, nous, les agents, on est là pour votre carrière et vous vendre au meilleur prix du marché.

– Vous faire du fric sur le dos des joueurs, quoi ! » ajoute Tina, toujours désagréable.

Visiblement, Billy se sent mal vis-à-vis des propos de Tina et tente d'arrondir les angles avec ses potes :

« Non, Tina, tu ne peux pas parler comme ça à Georgio… Sans lui et les autres, on ne trouverait pas de club…

– Non, Billy, ta femme a raison… On se fait du fric sur votre dos… mais, Tina, grâce à nous, les joueurs se font des rails de pognon à tour de bras ! C'est le jeu !

– Mais alors, Richard, à quoi sert le syndicat ?

– Billy, mon pote Billy… »

Jimmy prend soudain la parole, à moitié défoncé par un nombre de verres incalculable, mais surtout par un nombre de joints que lui-même aurait été incapable de quantifier.

« Écoute, mec, Richard m'a sauvé la mise plusieurs fois. Grâce à lui, je suis sorti de la merde sans une éclaboussure !

– C'est vrai ça, Richard ? demande Billy.

– Ben… on va dire que oui, c'est grâce aux bonnes relations du syndicat que j'ai pu rendre quelques services à Jimmy.

– Et faut faire quoi, s'abonner ? Faut payer quelque chose ?

– Noooonnn ! Rien de tout ça, le syndicat est là pour rendre service. C'est tout.

– T'as vu, Tina ? Si j'avais su ça la dernière fois, ça m'aurait évité de faire la une du journal et de perdre mon sponsor. »

Le regard de Billy est comme celui d'un enfant devant un nouveau jouet. Il voit en face de lui une sorte d'ange gardien capable de l'aider dans n'importe laquelle de ses galères.

« Ben voilà, Billy, t'as tout compris ! Fais comme moi : depuis, M. Jimmy Clegg n'a plus aucun problème grâce au syndicat… Ha ha ! »

Jimmy est complètement défoncé, mais sur le principe, Billy y voit une immense opportunité. Son regard en dit long, mais celui de Tina aussi.

« Si Billy arrêtait ses conneries, on n'aurait pas besoin d'un syndicat… tout simplement, rétorque-t-elle tout en jouant avec la carte de visite de Richard.

– Non, Tina, on a tous besoin de tout le monde, on est là pour s'entraider. »

Richard tente de lui faire les yeux doux et, pour se donner bonne conscience, tend une autre carte à Billy :

« Tiens… Un jour, tu m'appelleras, et tu verras, tout vient plus tôt qu'on ne le pense…

– Messieurs, c'est bon pour nous. On va y aller, dit Tina en se levant des genoux de Billy.

– Ohhh non, allez ! S'il te plaît, Tina…

– Billy ? »

Ce dernier lit dans ses yeux qu'il ne faut pas déconner.

« Messieurs, je n'écoute que ma promise, et je lui ai dit que je lui obéissais. Il se fait tard. Donc, on vous laisse. Jimmy… merci, Georgio, Tommy, Mick ! Et Richard, merci pour votre carte. Je la garde précieusement.

– Salut, mon pooootcccc ! gueule Jimmy sans se lever.

– Putain, tu nous as plumés ! Tu ne peux pas nous laisser comme ça », déplore Georgio, pour qui l'argent compte plus que tout.

« Non, on y va !

– Bon, on remet ça la semaine prochaine alors ! Billy ? Tina ? »

Elle tire Billy par la veste comme une gamine de 5 ans.

« Euh, on verra… on s'appelle… Allez, salut, les gars, et merci !

– Messieurs… » fait Tina avec une révérence appuyée.

En s'éloignant, le couple entend des éclats de rire. Tina chuchote à Billy :

« Une belle bande de connards…

– Mais, Tina, arrête ! »

*

De retour dans la salle de cinéma, je reste sur ma faim.

« Il me manque quelque chose, la soirée ne s'est pas terminée comme ça…

– Respirez profondément, Billy, le mélange de vos rêves et de vos souvenirs influe sur vos émotions. Je le ressens fortement.

– Je sais, je sais, mais j'en suis sûr, un truc s'est passé pendant cette soirée… quelque chose avec la voiture… j'arrive presque à le sentir. Il y a eu quelque chose d'autre. Quelque chose d'imprévisible. Doc, je ne vous vois plus à côté de moi, vous m'entendez ?

– Oui, Billy, je suis là, avec vous dans cette salle, et physiquement à côté de votre lit. Calmez-vous et concentrez-vous, ça va revenir. Vous me parliez de votre véhicule…

– Oui, Tina et moi, on est dans la voiture. Je suis au volant…

– Où êtes-vous exactement ?

– Sur le chemin du retour : on est sur Grassy Island Road, une route qui traverse Arrowhead Lake. Et c'est tout proche de Pee Dee National Wildlife. C'est un immense refuge naturel sur plusieurs hectares. Cette route est bordée de forêts à foison. Elle est utilisée par les randonneurs et chasseurs. Des amoureux de la nature. En journée, on croise des touristes, mais le soir, il n'y a jamais personne.

– Vous ressentez toujours le besoin d'attendre ? Vous pensez qu'il va se passer quelque chose ?

– Oui… je reste, je nous vois encore. On discute de la soirée et on est en train de se disputer… C'est ça, je me souviens… je m'en souviens… »

*

« … Mais punaise, Billy, c'était quoi ce groupe de dégénérés, tes potes ?

– Mais arrête, ne dis pas ça, enfin !

– Non, mais tu les as vus ? Et tu les as entendus ? Entre Jimmy qui s'explose à coups de drogue, son agent Georgio le Rital où c'est magouille et compagnie, et ce Richard, là… avec son syndicat de merde ! Rien qu'en le regardant, on sait qu'il pue… il pue l'embrouille et il a un regard salace ! Non, mais tu l'as bien regardé, Billy ?

– Oui…

– Il sort tout droit des films de gangsters, avec son costard mal taillé. Il a un regard vicelard. Il a pas arrêté de me mater.

– C'est parce que t'es belle, mon amour !

– Billy… je te dis que ce mec pue l'embrouille à plein nez !

– Mais arrête ! Calme-toi…

– J'en ai marre, Billy, de tout ce petit monde de merde ! Tu m'entends ? J'en ai marre ! Ce n'est pas un milieu pour nous.

– Mais c'est notre vie, Tina, on le savait que le monde du foot a ses avantages et ses inconvénients. Le principal, c'est qu'on soit tous les deux et qu'on soit bien…

– Oui, mais je ne vais plus très bien, et toi non plus… Il faut que t'arrêtes tes conneries d'alcool et de médocs ! »

Ils avaient pris une route de campagne longeant des bois. Billy, un peu éméché, voulait éviter les flics. Il voulait surtout éviter de se faire encore remarquer.

« O.K., Tina… Tu m'entends ? O.K., promis, j'arrête…

– Tu le jures ? Car là, j'en peux plus. »

Billy tourne la tête et la regarde dans les yeux. Il semble sincère.

« Oui, je te le jure… Allez, viens, embrasse-moi… et écoute, ma chérie…

– ATTENTION !! » hurle Tina.

*

« Putain ! C'était quoi, ça ?

– Je ne sais pas, Billy… Je vous rappelle que je ne peux rien voir. C'est vous qui me racontez.

– On a renversé quelque chose… on a renversé quelqu'un, je l'ai vu ! Je ne vais pas bien, Doc, je ne vais pas bien…

– Calmez-vous, Billy, calmez-vous, sinon, je vais vous perdre… »

Je n'arrive pas à respirer, j'ai des bouffées de chaleur… J'essaye de redescendre, mais je n'y arrive pas. J'entends mon rythme cardiaque, j'entends les vibratos…

« Doc ?… »

Je l'appelle, mais il a disparu, il n'est plus à côté de moi.

(... *Vvvrrr vvvrrr vvvrrr*...)

« … Doc ? Doc ? Je ne vous vois plus, Doc ! J'ai froid dans ce cinéma, aidez-moi ! Doc ! Doc ? »

*

… Je me redresse brutalement dans mon lit. Je respire fort. Je suis trempé de sueur.

« Doc ! Doc !?

– Je suis là, Billy, voilà, je suis là… Soufflez, soufflez… Làààààà, ça va aller. Ça va aller…

– Mais c'est un truc de malade votre expérience ! Qu'est-ce que vous m'avez fait ?!

– Ce sont des réactions on ne peut plus normales, Billy, on travaille beaucoup avec vos émotions. Rechercher vos souvenirs à travers vos rêves en état d'hypnose demande énormément d'énergie à votre organisme. D'autant plus dans votre état. Votre réaction est tout à fait naturelle.

– Je n'arrive pas à reprendre mon souffle ! Et ne me dites pas que j'ai renversé quelqu'un ! Ne me dites pas que c'est vrai…

– Écoutez, nous n'en savons rien, et c'est étrange que vous ne vous en souveniez pas. Cela prouve que votre esprit est bien perturbé. Et votre choc lors de votre récent accident démontre qu'il n'y a pas que la disparition de Tina qui pose problème. Il s'avère que votre mémoire a été touchée à un plus haut degré. Mais ne vous inquiétez pas, on est sur le bon chemin, vos souvenirs reviennent. Ça fonctionne et prouve que votre traumatisme n'est pas trop profond.

– Je ne comprends rien à votre charabia de médecin !

– Tout va se remettre en place. Ce que j'essaye de vous dire, c'est que de ne pas savoir où est Tina ne signifie pas qu'elle a vraiment disparu, mais peut-être seulement que vous ne savez pas où elle est… Pour preuve, vous ne vous souveniez pas de cet accident.

– Mais elle est où, alors ? Je vous rappelle que nous avons eu un accident alors que nous étions ensemble dans la voiture.

– Attardez-vous sur votre rêve au commissariat… Lorsque vous avez regardé la vidéo, combien de personnes ont été sorties de la voiture ? Dites-moi combien vous en avez vu ? Je vais vous aider : une seule… Regardez mes notes, là, je l'ai écrit ici. Vous l'avez dit durant votre rêve. »

Je reprends peu à peu mon souffle.

« C'est vrai, je n'ai vu qu'une personne…

– Je vous l'ai dit, vous êtes arrivé seul à l'hôpital.

– Mais, c'est bizarre… Il y a quelques minutes, au moment où nous avons percuté quelque chose, j'avais les mêmes sensations que lorsque nous avons eu… ou que j'ai eu… l'accident.

– C'est-à-dire ?

– Je ne sais pas, c'était étrange… cette stupeur avec ce mot crié si fort, "Attention"…

– Mais non, c'est normal, je vous l'ai dit. Dans vos rêves se trouve la réalité, mais de manière mélangée… Donc, non, l'instant où vous avez crié lors de votre accident dans votre rêve n'était probablement que le reflet du moment où vous avez crié dans la réalité. Vos véritables souvenirs, notamment de cette soirée où vous avez percuté…

– Mais alors, peut-être que l'accident, dans mon rêve, n'est pas réel ? Surtout si j'étais seul, sans Tina…

– Ça, je peux vous le dire immédiatement : vous avez atterri ici à la suite de cet accident. Qui est aussi la source de votre perte de mémoire. De votre état physique catastrophique. Ça, vous ne pouvez pas le remettre en cause. Il a peut-être été un peu déformé dans votre rêve ; pour preuve, vous êtes persuadé que vous étiez deux dans la voiture, alors qu'aux dires des secouristes, vous étiez seul… ce que confirme le visionnage de la vidéo dans votre rêve. Celui-ci a procédé à une petite fusion entre votre dernier accident et celui du passé, où vous avez percuté… quelque chose…

– Exact… mais c'est à n'y rien comprendre, votre truc.

– Si… Tout va rentrer dans l'ordre et nous allons retrouver Tina.

– Mais elle est où ?

– On va la retrouver. Au fond de vous et de votre mémoire, vous le savez, et je vais vous aider… d'accord, Billy ? Mais il faut arriver à contrôler vos émotions durant l'hypnose au moment de la réapparition de vos souvenirs… Vous pensez en être capable ?

– O.K., Doc, ça marche. Je vais me calmer… Il faut qu'on reprenne là où nous nous sommes arrêtés. Au moment où je percute… quelque chose.

– Très bien… vous voulez boire un peu d'eau ?

– Oui, bon sang, je crève de soif ! C'est un truc de malade…

– C'est un des effets de l'hypnose. On se déshydrate.

– On repart ?

– Non, pas pour le moment. Il vous faut du repos. Et il est déjà 9 h 20 à ma montre. Moi-même, je suis fatigué, et je dois voir d'autres patients. Je passerai ce soir pour faire avec vous une deuxième séance, mais pas plus. Ensuite, on reprendra demain.

– Mais, docteur Borg… il faut que je sache !

– Vous n'êtes plus en état. Si vous êtes trop fatigué, nous n'apprendrons rien. Et je vous rassure : ce n'est pas parce que nous stoppons la séance maintenant que vous n'arriverez pas à revoir vos souvenirs… ne vous inquiétez pas. »

Au moment même où le docteur se lève pour partir, les femmes en blanc arrivent pour m'installer de nouvelles perfusions. Je regarde son assistant, qui lui aussi a l'air agacé. À croire qu'il n'y a pas que moi qui souhaite connaître la suite de cette histoire.

J'observe l'infirmière qui me change les poches. Elle me regarde avec un air bienveillant.

« C'est quoi ?

– Des antidouleurs, et aussi de quoi hydrater votre corps.

– Vous avez tous l'air sympa dans cet hôpital. Je pense que j'ai de la chance d'avoir le Dr Borg à mes côtés. Vous le connaissez bien ?

– Le Dr Harry Borg est l'un des meilleurs neurologues de la Caroline du Nord. Mais au-delà de ça… c'est quelqu'un de très humain. Et ça se ressent sur l'accompagnement de ses patients. »

J'acquiesce.

« Je vous le confirme. Je le trouve vraiment au top. »

L'infirmière termine ses derniers réglages.

« Il faut vous reposer.

– Non, attendez, ne partez pas… je n'ai pas envie de rester seul…

– Je suis désolée, mais je ne peux pas rester avec vous toute la journée… Il y a beaucoup d'autres personnes qui ont besoin de moi…

– Vous entendez ces gémissements ? Ce sont des patients ?

– Oui… eux aussi ont des douleurs et ont besoin de soins…

– Je me doute bien… merci à vous.

– Allez, dormez, vous en avez besoin. Je repasserai tout à l'heure. »

9

Il est 18 h 20 et je piétine d'impatience. Je me pose encore énormément de questions. Le fait d'être arrivé seul ici signifie que je l'étais également dans la voiture lors du gros accident. Mais c'est incompréhensible. Je me souviens parfaitement de ce matin où je suis monté avec Tina, les rues que nous avons traversées… et ce choc. Je vois encore sa tête valdinguer dans tous les sens. Comment est-ce possible ? Je reste méfiant quant à ce qu'affirme le docteur. Et s'il se trompait ?

Je fixe le gars qui prend des notes et qui, pour le coup, doit avoir écrit que j'ai renversé quelqu'un. Ceci dit, si ça avait été si grave, je ne serais pas là aujourd'hui, mais probablement en prison. Il faut que je relativise sur ce point et que j'aille chercher la vérité. Il faut que j'avance, et la seule personne qui peut m'aider pour le moment est ce neurologue.

Il se met en place et, juste avant qu'il ne commence son petit manège, je lui demande :

« Vous êtes sûr de votre truc ?

– On ne peut jamais être sûr… Cependant, ce que je sais, c'est que vous seul détenez la vérité. »

Je ferme les yeux…

*

À croire que l'on s'habitue… J'ai l'impression de me retrouver expédié au fond de mon fauteuil de cinéma en un rien de temps. Visiblement, l'hypnose fonctionne sur moi de plus en plus rapidement.

Je suis seul dans la salle. Je respire, ferme les yeux, et sens une main qui me touche le bras, comme pour me rassurer : le docteur vient d'apparaître à mes côtés tel un ange gardien ; je l'ai matérialisé.

Puis l'écran de mes souvenirs réapparaît.

*

« Putain, mais c'est quoi, ce bordel ? »

Billy a pilé pour arrêter la voiture et se retourne maintenant pour essayer de voir derrière lui… Mais rien.

« On a touché quelque chose, Billy, je ne sais pas ce que c'est, mais on a touché quelque chose ! »

Tina est en panique totale.

« Je vois rien dehors, il fait nuit…

– Faut aller voir !

– O.K., ne bouge pas… »

Billy sort de la voiture et avance lentement. Pas à pas, il observe le bitume qui, pour le moment, est vierge.

« Alors ? Tu vois quelque chose ? Billy ?

– Non, je vois que dalle. Attends… »

Il prend son portable et sélectionne l'appli « lampe-torche ».

« Oh non ! Bordel ! Tina, viens voir !

– Qu'est-ce que c'est ? demande-t-elle en le rejoignant. Oh ! mon Dieu, non ! Il est mort ?

– Putain, j'en sais rien ! Comment veux-tu que je le sache ?

– Ben, regarde s'il respire, fais quelque chose ! »

Billy s'accroupit au sol et tente de vérifier. Il n'ose pas le toucher…

« Mais je fais quoi ?! »

Il panique à son tour.

« Ouvre sa bouche et essaye de voir si de l'air sort… et prends son pouls, et… parle-lui, Billy ! »

Tina a les larmes aux yeux. Elle fait des petits pas pour se réchauffer, mais c'est surtout de peur qu'elle grelotte.

« Y a rien, il ne respire pas, je ne sens pas son pouls !

– Merde ! Qu'est-ce qu'on fait ? »

À présent, Tina pleure.

« Mais je n'en sais rien, moi ! On dirait un clochard… Je l'ai pas vu, il est sorti de nulle part. Mais il faisait quoi ce mec, ici ?

– Bon, O.K… on se calme, Billy, d'accord ? On se calme… »

Tina tente de respirer profondément.

« Mais qu'est-ce que tu fais, bon Dieu ?

– Des exercices respiratoires, du yoga ! Je me calme ! Tu comprends ?…

– Mais bordel, tu crois que c'est le moment ? Je viens de renverser quelqu'un et il est mort ! s'énerve Billy.

– Je sais ! Je sais ! hurle-t-elle. On va appeler la police et les ambulances, et on va tout leur expliquer !

– Non, mais t'as pété un câble ? Tu sais ce qui m'attend si les flics viennent !

– Mais enfin, Billy, c'est un accident ! Et si ça se trouve, il n'est pas mort ! Si ça se trouve, les médecins peuvent le sauver ! Qu'est-ce que t'en sais ? Il faut qu'on appelle les secours maintenant ! Plus on attend, et moins y a de chances de sauver cet homme !

– Mais, t'as vu la tête qu'il a ? »

Tina avance légèrement, mais en réalité, elle n'ose pas regarder…

« Il a le crâne défoncé et ouvert en deux ! »

Billy a un instant d'absence. Il semble réfléchir.

« Et merde !! »

Il se relève brusquement et se précipite sur l'avant de sa voiture.

« Tu fais quoi ? Tu vas où ?

– Oh ! nooooon ! C'est la mouise ! Elle est à moitié défoncée et il y a plein de traces de sang ! On est dans la merde, bordel !

– Bon, écoute, Billy, on va appeler la police, c'est la meilleure des solutions, c'était un accident ! Et comme tu dis, il est sorti de nulle part. Ils comprendront… Il faut qu'on assume…

– Mais… tu ne comprends pas…

– Quoi ?

– J'ai bu, ce soir… plus que de raison… les flics feront les tests ! Et quelle conclusion ils vont tirer ? Que le footballeur Billy Wake a encore fait des siennes ! Et ça a beau être un accident, le juge ne le verra jamais comme ça ! Les journaux, la presse, les sponsors, ma carrière… tout va s'écrouler ! Et je vais finir en taule… Tu comprends ? EN TAULE ! »

Tina commence à entrevoir la réalité des faits.

« Mais on fait quoi, alors ? dit-elle d'une voix tremblante.

– Tina ?

– Oui ?

– On va demander de l'aide…

– Mais… à qui ?

– À Richard.

– Non, non, non, sûrement pas…

– Et pourquoi pas, t'as une autre idée, toi ? À part appeler les flics et m'envoyer en taule ? Écoute, on n'a pas le choix… laisse-moi faire… s'il te plaît… Regarde, regarde ce que l'on vient de faire ! Regarde autour de nous… si on n'appelle pas maintenant, on est foutus !

– Tu me fais chier, Billy !

– Écoute, je l'appelle et on voit ce qu'il nous dit. Si je ne le sens pas, je raccroche… O.K. ? Ils doivent encore être en train de jouer… J'appelle, j'ai son *phone*… »

Tina ne dit rien, mais au fond, n'en pense pas moins.

« Allez, Tina… on n'a que ça…

– Punaise… »

Elle regarde en l'air, les larmes aux yeux, tout en se mordant les lèvres.

« Je le sens pas, bon sang, je le sens pas… mais vas-y… appelle-le… »

Billy sort la carte de Richard et compose le numéro.

« Allô, Richard ? C'est Billy… Je suis dans la merde, Richard… »

Tina le regarde faire les cent pas au téléphone. Il fait de grands gestes pour expliquer ce qui s'est passé. Elle grelotte de plus en plus. Le maquillage dégoulinant, elle regarde le cadavre de cet homme au sol. Puis, levant les yeux, elle scrute la forêt, glaciale en cette nuit sombre. Elle sursaute au moindre bruit, comme si le plus insignifiant des sons, le vent dans les branches, un petit animal traversant un bosquet, prenait une tout autre dimension. Comme si la forêt pouvait les voir et poser sur eux un regard de jugement.

On peut ressentir sa peur, voir son corps parcouru de frissons.

« Alors… qu'est-ce qu'il a dit ? lui demande-t-elle dès qu'il a raccroché.

– Ils arrivent. En attendant, il m'a dit de me garer sur le côté pour ne pas gêner et de… déplacer le corps de manière à ce que personne ne le voie…

– Non, mais tu rigoles ?! C'est ça, sa solution ? Et après, on fait quoi ? On l'enterre dans les bois ?

– Mais j'en sais rien, moi ! Calme-toi ! Si t'as mieux à me proposer, dis-le ! Pour le moment, déplace la voiture, moi, je m'occupe du corps… Ne pose plus de questions et suis-moi ! »

Le ton et l'attitude de Billy ont changé. Il ne subit plus, mais donne des ordres à Tina. Tel un robot, il va visiblement mettre à exécution les conseils de Richard.

*

« Ne me dites pas que j'ai fait ça ? Ne me dites pas qu'en plus d'avoir renversé quelqu'un, de l'avoir probablement tué… j'ai caché son corps ! Ne me dites pas que j'ai été assez débile pour faire un truc pareil !

– Je suis désolé, mais… ce sont vos souvenirs…

– Je suis foutu ! Je suis un monstre, un meurtrier !

– Mais non, Billy, mais non, attendons d'aller jusqu'au bout et de comprendre. Dites-vous bien une chose : si vous êtes ici, et non pas en prison à ce jour, c'est peut-être que tout a tourné différemment…

– Ou pas… et que personne ne savait jusqu'à aujourd'hui… Attendez, Doc, une voiture arrive… C'est sûrement Richard qui vient nous aider… »

*

« Billy ! Billy ! crie Tina.

– Quoi ? J'ai pas fini de le déplacer !

– Billy ! Y a une voiture qui arrive !

– Quoi ? C'est déjà Richard ? Ce n'est pas possible… »

Billy accélère le mouvement et fait rouler le corps comme il peut. Puis il sort du bas-côté et regarde les phares du véhicule qui arrive lentement et se gare à une bonne dizaine de mètres en amont. Billy met la main sur ses yeux, ébloui par la lumière. Soudain, un gyrophare se met à clignoter.

« Merde, Billy, c'est des flics ! On fait quoi ?

– Calme-toi ! Je ne sais pas… si c'est des flics… je ne reconnais pas la voiture… fais semblant que tout va bien, tu m'entends ? Écoute-moi : on a tapé un sanglier qui s'est barré dans les bois… O.K., on raconte ça ?

– Je sais pas… je sais pas si je vais y arriver ! »

Tina est de nouveau en panique totale.

« Mais bordel, ressaisis-toi ! Si tu craques, on est foutus ! Et essuie-toi le visage, ton maquillage coule…

– J'ai peur, Billy !

– Respire ! Je lui fais signe.

– Mon Dieu, Billy, il arrive ! Sa lampe me fait mal aux yeux…

– Laisse-moi faire… »

Les pas de l'homme, tel un compte à rebours se rapprochant d'eux, résonnent dans la nuit. On peut entendre la respiration de Billy, presque ressentir les battements de son cœur s'accélérer. Il tremble, lui aussi. Tina, elle, est figée au volant de la voiture.

« Bonsoir, monsieur l'agent…

– Bonsoir, messieurs dames ! Puis-je savoir ce que vous faites ici en pleine nuit ? »

L'homme balance sa lumière en pleine figure de Billy, puis de Tina.

« Ben voilà, ma femme et moi, on rentrait chez nous, et un énorme sanglier est passé devant nous et a percuté notre voiture… Et… S'il vous plaît, vous pourriez enlever votre lumière de nos visages ? Vous nous éblouissez, on ne vous voit pas… »

L'agent s'exécute, laissant apparaître son visage, et son uniforme. C'est un garde forestier du refuge Wildlife.

« Ah ! merci, c'est mieux… Comme je vous le disais… »

*

« Bordel ! C'est le flic de mon rêve ! Le gros moustachu complètement débile qui se prend pour *Chips* ! Ce mec-là n'a aucun humour et se prend pour le cowboy de la ville ! Je suis foutu !

– Comme quoi, dans votre réalité, il n'a jamais été un flic.

– Oui, mais il représente l'ordre, même si c'est dans un tout autre domaine. »

Je regarde défiler le film devant moi et continue mes commentaires sur le garde forestier.

« Mais il fait quoi, là ? »

L'agent est en train de faire le tour de la voiture avec sa lampe.

« Oh ! bordel ! On est mal, là, on est mal !

– Calmez-vous, je vous répète que ces faits se sont déjà déroulés et que personne ne peut vous entendre. Cela ne sert à rien de faire monter la pression. Tout ça s'est déjà passé.

– Vous êtes marrant, vous, j'ai la sensation de le vivre pour la première fois ! Mais regardez-le ! Il bloque sur la carrosserie… mais… mais qu'est-ce qu'il fout ? Il… il… »

Je m'enfonce dans mon fauteuil de cinéma comme si j'appréhendais la scène suivante d'un film d'épouvante.

« J'hallucine ! Il… »

*

« Euh… monsieur l'agent… je peux savoir ce que vous faites ? »

Le garde se penche sur l'avant de la voiture, scrutant le sang avec sa lampe torche. Il frotte la calandre, puis éclaire sa main couverte de sang. Il la fait tourner comme s'il venait de découvrir une œuvre d'art… Lentement, il met son index dans la bouche, puis ferme les yeux, comme pour mieux en apprécier le goût. Visiblement, il s'en délecte. Il semble dans un état second.

« Vous… vous goûtez le sang ? »

Bouche bée, Billy n'en revient pas.

« Billy, je vais vomir… chuchote Tina.

– Chuuuttt, tais-toi… Monsieur l'agent ? Monsieur l'agent ? Vous allez bien ? »

Billy ne comprend pas la situation, ce gars, là, qui fait glisser ce « nectar » sur ses papilles…

L'homme se relève brusquement :

« Ouais ! Ça se confirme…

– Quoi donc ?

– C'est un mâle…

– Quoi ?! »

Billy est blanc comme un linge.

« Vous avez percuté un mâle… Le sang de la femelle est plus acide.

– Euh… si vous le dites… »

Tina, sans dire un mot, sort de la voiture et s'éloigne de quelques mètres. Le garde la suit avec le faisceau de sa torche.

« Je crois que votre dame ne se sent pas très bien…

– Euh, oui… elle est allée respirer un peu… avec toutes ces émotions…

– Elle vomit là, non ?

– Euh… non… enfin… oui…

– Vous n'allez pas l'aider ?

– Euh… si, j'y vais… ne bougez pas… enfin, attendez ici… »

Billy est paumé et ne contrôle plus la situation. Il rejoint Tina, qui rend toutes ses tripes.

« Mais qu'est-ce que tu fous ?

– Bordel, ce type vient de goûter le sang d'un clochard qu'on vient d'écrabouiller !

– Oui, je sais, j'ai bien vu… mais lui, il ne le sait pas… et on s'en fout… le principal, c'est qu'il croit au sanglier… »

Pendant ce temps, le garde explore le fossé avec sa lampe.

« C'est par là qu'il est parti, votre sanglier ! Avec un peu de bol, il est cané, et on pourra récupérer la barbaque ! Par contre, c'est étrange : je ne vois pas de traces de poils sur votre voiture… Généralement, il y a des résidus… »

*

« Non, non, non ! Il va vers le cadavre avec sa torche ! Il va le voir ! Putain, Billy, dis quelque chose, vite !… »

Tantôt assis, tantôt debout, je me hurle dessus.

« Billy, vous savez, ils ne vous entendent pas…

– Comment voulez-vous que je me calme, avec votre idée de souvenirs sous forme de film à la con ? C'est ma vie qui se joue ! »

*

« Non ! Non ! Là, il est parti de l'autre côté… Allez-y, éclairez là-bas avec votre lampe… je vous accompagne… vous voyez, c'est par là qu'il est passé… »

Billy rattrape le garde juste à temps. Discrètement, il jette un coup d'œil au cadavre qui n'est qu'à quelques pas.

« Je crois que votre dame vomit encore…

– Oui, je vais retourner la voir… »

Billy ne sait plus où donner de la tête.

« Putain, Tina, faut que t'arrêtes, sinon l'autre con ne va pas nous lâcher !

– T'es marrant, toi, tu crois que je le fais exprès ? Tu veux que je te rappelle ce qu'il y a là, à trois mètres de nous, gisant sur le sol ? Hein ?

– Il faut qu'il se casse, et vite, avant que Richard débarque… »

« Ça va mieux, ma petite dame ? »

Tina et Billy n'ont pas entendu approcher le garde.

« Oui… oui, merci… dit Tina en s'essuyant la bouche.

– Bon, il va falloir remplir un formulaire au poste concernant l'animal.

– Ah bon ? C'est obligatoire ?

– Ouais.

– Mais pourquoi ?

– Pour votre assurance !

– Mon assurance ?

– Pour votre voiture !

– Ah ! oui… mon assurance voiture… oui, en effet…

– Vous avez l'air bizarre… Ça va ? Vous vous sentez bien ?

– Oui ! Oui ! Parfaitement bien…

– Ce n'est pas le cas de votre dame, on dirait…

– Non, en effet… »

Brusquement, l'agent penche sa tête vers le visage de Billy et le renifle tel un chien :

« Vous avez bu ?

– Non… enfin… un peu, juste une bière ou deux…

– Ça sent le bourbon…

– Non ! Mais non ! Je ne vois pas de quoi vous parlez !

– C'est moi ! C'est moi, monsieur l'agent… C'est pour ça que je vomis ! L'odeur doit venir de là ! »

Tel un professeur, le garde forestier fait la morale à Tina :

« Madame, l'alcool, c'est dangereux pour la santé ! On doit boire avec modération !

– Oui, monsieur… Promis, ça va me servir de leçon ! Vous… vous n'allez pas appeler la police ?

– J'hésite… »

Billy et Tina ne bronchent plus, ils sont blancs comme un linge.

« Non ! Je plaisante ! Quant à vous… qui n'avez pris que deux bières… c'est vous qui conduirez et ramènerez madame chez elle. Et je vous attends demain matin pour la déposition sur l'accident avec le sanglier… Nous sommes dans l'obligation de le signaler. Déjà pour vous, et puis, plus nous aurons de témoignages concernant l'abondance de sangliers dans le secteur, plus nous pourrons faire de battues. Il y en a trop dans notre coin… ces bestioles se reproduisent trop vite.

– Pas de souci, monsieur l'agent… je conduis ! Et pas d'alcool au volant ! Et pas de problème…

– Remontez dans votre voiture, je vais vous ouvrir la voie, et… »

Soudain, un gémissement s'échappe du bosquet d'en face.

« C'est quoi, ce bruit ? »

L'agent tend sa lampe en direction du râle… et du clochard.

Billy et Tina sont totalement paniqués : ce son ne peut venir que de la personne qu'ils ont renversée. Finalement, l'homme n'est pas mort.

Billy regarde Tina. Sa lèvre inférieure tremble. Elle est tétanisée par la peur, comme si la terre venait de s'arrêter de tourner. Les gémissements sont clairs et notre homme commence à reprendre connaissance, faisant bouger les hautes herbes. Le garde sort son arme et la pointe vers le bruit. Prudemment, il avance dans sa direction.

On entend les respirations de Tina et Billy.

« On est foutus », fait ce dernier.

L'homme continue vers le bas-côté où les feuilles remuent de plus en plus. Les gémissements sont clairs, distincts. Il arrive au bord de la route et balance sa lumière.

« Mais qu'est-ce que c'est que ça ? »

L'agent se retourne vers le couple.

« Vous pouvez m'expliquer ? Mais… où est votre dame ? »

Billy tourne la tête sur le côté, mais Tina a disparu. Puis, il regarde de nouveau le garde forestier.

Tout à coup, Tina, surgissant de nulle part, frappe le gars à la tête à l'aide d'un gros bout de bois. Il s'écroule. Les yeux écarquillés, Billy sursaute de terreur.

« Mais qu'est-ce que tu fous ?! » hurle-t-il.

Tina tient toujours son arme improvisée entre les mains. Pleine de désespoir, elle regarde Billy sans comprendre pourquoi elle vient de faire ça, comme si toute sa lucidité l'avait abandonnée un court instant durant lequel la folie avait pris le pas, poussée par son instinct de survie.

« Mais t'es folle ! »

Elle se met à pleurer. Le garde, au sol, ne bouge plus, inconscient. Billy se rapproche. Tina, toujours immobile, commence à réaliser la portée de son acte.

« Mais… qu'est-ce que je viens de faire, Billy ? Qu'est-ce que je viens de faire ? »

Avec beaucoup de précautions, il prend le morceau de bois des mains de Tina, puis, lentement, se rapproche d'elle.

« Viens là, viens… » dit-il en la prenant dans ses bras.

Il voit bien que son cerveau a « rupté ».

« Je vais tout arranger, ne t'inquiète pas. »

Il la raccompagne à la voiture et met sa veste sur elle, histoire qu'elle ait moins froid. Tina ne dit plus un mot.

Peu de temps après, Richard débarque. Plusieurs gars sont avec lui. Billy lui explique la situation.

« … Alors, Richard, tu peux nous aider ?

– Bordel, Billy, s'il n'y avait eu que ce clochard, c'était facile ! Mais qu'est-ce qui lui a pris à ta gonzesse de défoncer ce mec ?… »

Richard se tourne vers l'un de ses gars :

« Tony, il est mort ?

– Non, il respire…

– Putain ! O.K… vas-y, Tony. »

Ce dernier sort un flingue et abat le garde forestier d'une balle entre les omoplates.

Billy et Tina poussent un cri de terreur. La bouche ouverte, béante, ils ne disent plus rien.

« Billy ? Billy ? » l'interpelle Richard.

Mais Billy ne répond pas, il bloque sur l'agent et la tache de sang immense qu'il a dans le dos. Il est terrifié.

« Ho ! Billy ! le secoue Richard.

– Oui…

– Écoute-moi : tu vas remonter dans ta caisse pendant qu'ici on va faire le ménage. Ensuite, vous suivrez Tony. Tu m'entends, Billy ? Ho ! Tu m'entends ? »

Ce dernier acquiesce d'un signe de la tête. Mais son regard, comme celui de Tina, reste fixé sur le garde et la tache de sang.

Billy rejoint Tina dans la voiture. Ils observent en silence l'équipe de Richard s'occuper du « problème ». Dans une camionnette, ils embarquent les deux corps, le bout de bois, la douille… ils font le ménage.

« Tony, c'est quoi son numéro de patrouille ?

– Sur sa radio, c'est écrit “delta-4”.

– O.K., il a dû signaler son arrêt sur le bord de la route avant de descendre… Annonce qu'il repart… Et surtout, reste vague… »

Tony s'exécute puis vérifie la voiture de l'agent.

« C'est bon, Richard, il n'y a pas de caméra ni de traceur.

– Parfait. »

Richard fait un signe à toute son équipe et tout le monde repart.

Tony démarre au volant du véhicule du garde forestier, suivi de près par celui de Billy et Tina.

10

« Nom de Dieu ! Je crois que je vais faire comme Tina : gerber !

– Techniquement, ici, je pense que ce n'est pas possible…

– Je sais, Doc, mais c'est dingue que je ne me souvienne de rien. Je ne me rappelle pas tout ça… Pourquoi ?

– À cause de votre accident. Le traumatisme est beaucoup plus profond que nous le pensions.

– Et on fait quoi, maintenant ?

– On continue le travail que nous avons commencé.

– Mais où tout ça va finir ?

– Ici ? Ou plutôt nulle part, puisque nous sommes dans votre tête. Mais je vous rappelle que nous sommes là tous les deux pour retrouver Tina. Il est là, notre but principal. Peu importe ce que nous allons découvrir. Il nous faut la vérité, et la réalité de ce qu'il s'est passé.

– Vous avez raison… mais je ne peux pas m'ôter de la tête que j'ai tué quelqu'un, que Tina a frappé ce gars et que nous sommes complices de ce meurtre… Je crois que je commence à comprendre ce message sur le papier, "*Je sais ce que tu as fait*"…

– Ne précipitez pas les choses et allons découvrir la suite. Techniquement, la personne que vous avez renversée n'était pas morte, et Tina n'a commis qu'une agression…

– Mais, Doc, bon sang, vous réalisez ce que je viens de voir ? Ils sont morts tous les deux… ça nous rend complices de deux meurtres !

– Oui, je réalise… mais mon devoir est de garder une certaine réserve. Ce n'est pas mon rôle de vous juger. Je suis juste ici, avec vous, pour retrouver Tina. Que voulez-vous faire, Billy ? Une pause ?

– Non… comme vous le dites, je veux aller au bout et savoir toute la vérité. Je viens de me rendre compte que je suis rentré dans une course contre la montre.

– Très bien, c'est vous qui décidez.

– Il n'y a plus rien sur l'écran, on fait quoi ?

– Il nous faut un nouveau stimulus pour vous faire repartir dans votre rêve et identifier les indices qui nous permettront de revenir dans vos souvenirs. Ne bougez pas. »

(... *Vvvrrr vvvrrr vvvrrr*...)

« Vous ressentez cette vibration, vous n'entendez que moi… et vous vous enfoncez dans votre fauteuil comme dans un gouffre qui vous absorbe… maintenant ! »

*

Je suis de nouveau chez moi, sur mon lit. Je me lève plus rapidement que d'habitude. Je me frotte encore le cou, comme si ma douleur ne cessait jamais. Puis j'ouvre mon tiroir, prends les derniers cachets et avale ce fond de verre de whisky.

« Mais bordel ! Doooooc ! Doooooc !…

– Je suis là, Billy.

– … pourquoi je bois ce verre et prends ces cachets à chaque fois ? Je ne suis pas obligé !

– Nous ne sommes pas là pour refaire votre rêve, nous le revivons tel que vous l'avez vécu pour dénicher des indices qui puissent vous faire retrouver vos souvenirs… En somme, on ne change pas vos rêves. Si cela peut vous rassurer, sachez que chaque fois que nous y repartirons, vous referez la même chose…

– Je vais finir alcoolique ! Oui… bon… je crois bien que c'est déjà le cas à en croire mes souvenirs… Bon, je cherche quoi ?

– La suite. Il doit y avoir des indices qui vous aideront à la trouver. Il se peut que ce ne soit pas grand-chose, mais l'important est que cela puisse créer chez vous un électrochoc qui vous permette de vous rappeler. Si je devais vous donner un conseil, revivez votre rêve comme la première fois. Même si certaines choses peuvent ressortir de manière décalée, il y a toujours une certaine chronologie.

– O.K… O.K… alors… les journaux, c'est fait… ensuite, je vais dans la salle de bains… Aïe ! Mais c'est quoi ces gravillons minuscules sur la moquette… Bon, j'allume le néon… Putain qu'ça fait mal ! C'est vous, Doc, avec votre lumière ? Vous me la balancez dans les yeux, c'est ça ?

– Non, pas là… Ma lumière ne vous perturbe que lorsque vous êtes dehors et que je tente de vous ramener.

– Donc, le néon de la salle de bains a toujours grésillé de cette manière…

– Je ne sais pas, à vous de me le dire. Rappelez-vous.

– Je ne pense pas… C'est bizarre, je ne crois pas que Tina ou moi on aurait laissé une lumière toute déglinguée… Faut que je me rince le visage… C'est *space* votre truc, Doc, parce qu'en fait, je n'ai pas envie de me passer de l'eau, mais j'ai besoin de le faire…

– Je vous l'ai dit, Billy, c'est votre rêve…

– L'eau est gelée, bon sang qu'elle est gelée ! Bordel, l'eau chaude ne marche pas ou quoi ? Mais…

– Qu'y a-t-il ?

– Il n'y a pas de robinet d'eau chaude ! C'est quoi, ce délire ? »

Je regarde tout autour de moi et…

« Doc, je ne reconnais pas les lieux… »

Je sors et me retrouve bien dans ma chambre, mais en retournant dans la salle de bains, je réalise que ce n'est pas la nôtre : en réalité, je suis dans une pièce glauque, grise, pleine de poussière, avec un luminaire quasiment foutu.

« Doc ! Cette salle de bains n'est pas la mienne, on est ailleurs… on est… on est…

– Oui, Billy ?

– Je sais ! On est dans un hangar ! »

*

« Billy, ouvrez les yeux ! »

Je respire fort… encore une fois. Je me retrouve dans cette salle de cinéma, mais j'ai un goût amer dans la bouche.

« Du calme, Billy, du calme… Les retours sont toujours compliqués.

– Pourquoi je ne me sens pas bien ?

– C'est normal, votre corps réagit en fonction de ce que vous découvrez. »

Le grand écran s'illumine. Et le film reprend.

« Je sais, Doc, je sais où on est ! On est dans un hangar avec Richard et des gars du syndicat, c'est le soir de l'accident, un peu après…

– Très bien, Billy, allez voir ce qu'il se passe dans ce hangar.

– Regardez, c'est Tina et moi. On est en train de se laver… »

*

« L'eau est glacée ! On est où là, Billy ?

– J'en sais rien, c'est une sorte de planque, on dirait.

– C'est pourri, on se croirait dans une vieille usine désaffectée !

– Ou une vieille ferme plutôt, on se lave dans un abreuvoir.

– Et cette lumière qui ne fait que sauter, ça me donne mal à la tête ! »

Tina et Billy ont retiré leurs vêtements et se lavent à coups de brosse. Tous les deux à moitié nus, les pieds dans l'eau, ils tremblent de froid, mais aussi, sûrement, de peur.

Les murs sont immenses et sales. Crasse, odeurs d'excréments et cambouis prédominent. L'humidité remonte dans toute cette pièce. Au plafond, des chaînes pendent et se cognent les unes aux autres au moindre courant d'air. Tina grelotte, Billy tente de la réchauffer en la prenant dans ses bras. Au sol, à côté de l'abreuvoir, grouillent des cafards.

« Ah, mon Dieu, quelle horreur ! »

Tina fait de petits pas sur elle-même, tentant d'échapper à la remontée d'une de ces petites bêtes.

« C'est rien, mon ange, ne les regarde pas. Elles ont plus peur que nous.

– Non, Billy… elles vont me grimper dessus, je te dis ! »

Les dents de Tina s'entrechoquent.

« Écoute, on fait ce qu'ils nous disent et rien d'autre, on ne pose aucune question et on la ferme. Compris ?

– Oui, dit-elle à voix basse. Mais je ne suis pas bien, tu sais.

– Moi non plus, bébé, mais on n'a pas le choix… sinon, on va se retrouver encore plus dans la merde…

– C'est bon, les amoureux, vous êtes propres ? crie Richard.

– C'est bon, on arrive… Tiens, voilà nos vêtements, comme tu nous l'as demandé, et on s'est entièrement lavés.

– O.K., maintenant, mettez ces fringues et dépêchez-vous.

– Allez, viens, Tina, on s'habille. »

Pendant que Billy et Tina s'exécutent, Richard fait du grand Richard : tel Harvey Keitel dans *Pulp Fiction*, il organise le grand nettoyage. Il prend son rôle très au sérieux. À la limite du théâtral. Mais Tina et Billy n'ont pas le choix. Richard est nerveux, comme sous *ecsta*. Ses hommes l'écoutent. C'est lui qui donne le ton. Personne ne bronche. Il est le patron.

« Bon, écoutez-moi bien, tous les deux, voici les clefs de votre nouvelle voiture, et les papiers seront bientôt à ton nom, Billy. Tu me suis, jusqu'ici ?

– Oui, Richard…

– Tony, ici présent, fera sortir votre ancienne voiture du territoire. Vous l'avez vendue à un concessionnaire qui vous l'a reprise pour l'achat de cette nouvelle caisse. Les papiers sont temporaires, vous recevrez les définitifs rapidement. Ils sont postdatés à demain. Vous n'irez pas faire de déclaration à votre assurance, puisqu'il était prévu de faire cet achat avec une reprise de votre véhicule en l'état. Ce soir, Tony vous ramènera chez vous, et lorsque vous vous réveillerez comme deux tourtereaux, en ouvrant la porte d'entrée, vous verrez votre nouveau bolide livré. Ton idée de sanglier n'était pas mal, alors demain, à la première heure, Marco, ici présent, et une bande de potes à lui, chasseurs, traîneront sur les lieux de l'accident avec leurs chiens ; ils feront quelques parties de chasse afin de brouiller toutes pistes ou traces de votre passage, de vos roues et des corps, puis ils feront un bivouac là où vous étiez. Si quelqu'un devait faire des recherches, les chiens, les chasseurs, les sangliers et le sang des animaux auront tout effacé… Tony, fais chauffer le four et sors les cadavres : on va les balancer dedans. Ici, c'est une vieille usine que l'on utilise en de rares occasions… Ce soir, c'en est une. On mettra vos fringues pourries dans le four, aussi. Après ça, Tony emmènera la voiture du garde forestier chez son cousin, qui tient une casse. Elle sera broyée et rangée bien au chaud. Donc, on est clair : plus aucune trace des voitures, ni de la vôtre ni de celle du garde. Plus de vêtements tachés, plus de bout de bois. Et plus de traces sur la route, grâce aux festivités des chasseurs !

– Et… pour la famille et les amis du garde et du clochard ? Des gens vont s'inquiéter…

– Le clodo n'avait pas de papiers sur lui, c'était un débris vivant dans une pseudo-cabane dans les bois. Son seul bagage : un chariot où il transportait quelques affaires personnelles. Mais Tony va s'occuper de tout faire disparaître.

– Et pour le garde, vous allez faire comment ? insiste Billy.

– À ta place, mon gars, je ne me poserais aucune question… mis à part ce que je ferai demain, par une belle journée ensoleillée, avec ma magnifique femme, Tina. Allez, profitez de votre nouvelle voiture ! Tu vas voir, le syndicat ne s'est pas foutu de ta gueule ! Hein, Tony ?

– Non, patron, elle est vraiment sympa.

– Ah là là, ces joueurs de foot ! Moi qui pensais qu'ils ne posaient jamais aucune question… T'es à part toi, Billy, hein ?

– Non, c'est juste que…

– C'est juste quoi ? Dis-moi ?

– Du calme, Richard, c'est juste…

– NON ! Tu fermes ta gueule ! Et tu ne poses plus aucune question, tu fais ce qu'on te dit de faire si tu ne veux pas te retrouver en taule avec une bande de gorilles qui se fera un plaisir de défoncer ton trou balle de petit joueur de football de merde !

– Mais, Richard…

– C'est ça que tu veux, Billy ? C'est ça ? Et qu'en prime, ta pouffiasse de copine finisse aussi en cabane pour complicité de meurtre et qu'elle se fasse sodomiser à coups de gode par des chiennes de taulardes ? T'as déjà vu la taule, Billy, dis-moi ? Tu l'as déjà vue ?

– Non... »

Billy baisse la tête et se tait face à ses aboiements. Richard, pour se calmer, sort une boîte de sa poche. Il verse un soupçon de poudre sur l'angle de sa main et la sniffe. Le couple le regarde se défoncer la tronche. Il pousse un râle de jouissance.

« Non... On est bien d'accord. Donc, pour la dernière fois, si vous n'avez pas envie, ta femme et toi, de vivre un bon moment de camaraderie, je te conseille de ne plus me poser une seule question et de faire ce que je te dis de faire... C'est clair ?

– Très clair...

– Bravo ! Voilà la réponse d'un bon soldat ! Ça, c'est un bon joueur de foot... il ne pose aucune question et fonce. »

Richard est speed, il est en pleine montée, ses mouvements sont saccadés.

« Maintenant, c'est tout pour ce soir. Tony, tu les ramènes. Tiens, Billy, prends ce téléphone. Il n'y a que moi qui t'appelle sur ce portable. Tu m'entends ? Tu ne téléphones à personne avec celui-ci. Tu m'as compris ? Et est-ce que ta débile de copine, qui s'amuse à foutre des coups de bâton dans la tête des gens, a compris, elle aussi ?

– Oui, elle a compris, s'empresse de répondre Billy.

– Je t'ai pas demandé à toi, mais à elle ! »

Tina est complètement groggy ; impossible pour elle de décrocher un mot.

« Elle a quoi, ta meuf ? Elle s'est droguée en plus ?

– Non, elle est sous le choc, c'est tout. Mais t'inquiète, Richard, elle a bien compris...

– J'espère pour vous, Billy… Et… Billy, t'es gentil… quand le téléphone sonne, tu décroches, tu seras mignonne ! Allez, les gars, on y va, on remballe ! »

*

Je suis tétanisé. Au fond de moi, je me dis que nous aurions dû tout balancer à la police. Mais dans quelle galère on s'est foutus !

Je cherchais à savoir pourquoi nous n'étions pas en prison, je pense que j'ai la réponse : le syndicat a fait le travail.

J'ai honte, j'ai honte de moi et j'ai peur pour Tina. Mais comment j'ai pu l'embarquer dans cette merde ? Mais qu'est-ce qu'on a fait ? Deux cadavres ! Un clochard… mais surtout un garde forestier ! Bordel, on a été complices du meurtre d'un agent assermenté ! Mais qu'est-ce qui nous a pris ? Mais qu'est-ce qui m'a pris ? Tina avait raison, j'aurais dû l'écouter… Mais quel con ! Tout ça pour mon image, le football, le pognon… Je suis un véritable abruti !

« Ça va, Billy ?

– Non… je me dégoûte et j'ai peur. Vous, vous n'auriez jamais réagi de la sorte…

– Je n'en sais rien, Billy, je n'étais pas à votre place et je ne me permettrais pas de vous juger. Je suis là pour vous aider. Et vous, n'oubliez pas pourquoi nous faisons tout ça. Essayez de garder la tête froide… du moins, votre esprit !

– N'essayez pas de faire de l'humour, ça ne marche pas. Je suis trop dépité par ce que je viens de voir.

– Je sais, Billy, ce n'était pas de l'humour, j'essaye de vous faire avancer tout en gardant votre lucidité. D'ailleurs, votre souvenir est-il fini ?

– Non, l'écran est encore là. Le film déroule toujours. Tony nous a ramenés chez nous. Pour le moment, nous sommes tous les deux dans la maison. On est en train de discuter dans la cuisine. »

*

« Tina… ça va ? Tu n'as rien dit depuis que nous sommes rentrés ? »

Elle a l'air d'avoir repris ses esprits.

« Comment te dire ? Je vais à merveille…

– J'ai du mal à te croire…

– Ah bon ? Et pourquoi, Billy ? Hmm ? Dis-moi ? Toi, tu vas bien ? Tu as apprécié la fin de la soirée ?

– Bennnnn… le syndicat va nous aider…

– Mais PUTAIN, Billy ! Est-ce que tu as entendu ce type ? Tu as entendu ce malade mental nous parler ? Ces mecs-là sont soit de la mafia, soit une bande de dégénérés ! Tu as vu leur protocole ? C'est ça leur aide : ils font disparaître des corps, ils font disparaître des gens, ils maquillent les preuves… Je ne sais pas pour qui ils bossent, mais on se serait cru avec un service secret du gouvernement ! Et en plus, ils se shootent à tout bout de champ !

– Mais tu t'attendais à quoi en les appelant ? Du moment qu'on a décidé de ne rien dire à la police, on savait dans quoi on mettait les pieds. Et je te signale que t'es mal placée pour me faire la morale ! Qu'est-ce qui t'a pris de frapper ce garde en pleine tronche ?

– Oui, je sais ! Mais j'ai paniqué, Billy ! Dans ma tête, je n'entendais que ta voix qui répétait que tu allais partir en prison… et je ne sais pas pourquoi, j'avais la vision de ce gars qui goûtait ce sang… je vomissais… je… je… Je ne sais pas, Billy, je ne sais plus ! »

Tina explose en sanglots. Billy tente de la réconforter comme il peut. Car au fond de lui, il sent bien dans quel merdier ils se sont enlisés.

« Maintenant, Billy, on est des meurtriers ! Est-ce que tu te rends compte de ce que l'on vient d'accepter de faire ? Et je ne te parle pas de l'accident avec cet homme, je te parle de toute la mise en scène effectuée par tes nouveaux potes, et dans laquelle on est mouillés jusqu'au cou. Et ce garde que Richard a fait abattre… le clochard seul, à la limite, ça aurait pu passer. On pouvait s'en sortir et faire passer ça pour ce que c'était : un accident… Mais non ! Tout le reste vient de balayer notre vie, Billy… »

Tina s'effondre de nouveau.

« Bébé, calme-toi, je t'en prie, viens là, allez, calme-toi…

– Lâche-moi ! Fous-moi la paix, bordel ! Je n'aurais jamais dû t'écouter, j'aurais dû appeler la police, et on aurait déclaré un accident. C'est tout !

– Allez, arrête de pleurer… là… là… Allez, serre-moi fort…

– Tu me fais chier, Billy !

– Je suis désolé, je suis tellement désolé… Là… Allez, serre-moi dans tes bras. Écoute, on va s'en sortir, O.K. ? »

Billy semble sincère.

« Mais imagine si quelqu'un apprend ce qu'on a fait…

– Sèche tes larmes, mon ange… Personne ne saura. D'accord, Richard est un sale con qui nous a parlé comme si on était de la merde, mais malgré tout, je pense qu'il maîtrise bien ce qu'il fait. Et il a voulu nous faire peur, c'est normal. Il est autant mouillé que nous dans cette histoire, si ce n'est plus. Donc, il a tout intérêt à ce que personne ne sache…

– Ton Richard est un gros connard !

– Oui, je suis d'accord avec toi, c'en est un. Respire un grand coup. Fais-moi un câlin…

– Comment tu peux être certain que personne n'apprendra ce qui s'est passé ce soir ?

– J'en suis sûr, personne ne saura. On fera tout pour…

– Mais le pire, Billy… comment nous allons pouvoir vivre avec ça ? »

Il n'a aucune réponse.

*

« Vous tentiez de la rassurer…

– Oui… mais elle ne l'a jamais été, je pense. Connaissant Tina, c'est mort. Et franchement, elle avait raison. Quand je vois la situation… Qui se sentirait rassuré après un truc pareil ?

– Les émotions ont été fortes. Je vais vous ramener parmi nous. Il vous faut boire et reprendre de l'énergie. Nous allons arrêter pour aujourd'hui.

– Non, attendez ! Pas tout de suite…

– Pourquoi, Billy ?

– Ben… en fait, le film n'est pas fini, et… je nous vois, avec Tina, dans notre chambre et… j'aimerais rester un peu pour profiter de notre intimité… elle me manque.

– Faites-moi signe lorsque vous serez prêt.

– O.K. D'ailleurs, ce qui serait bien, c'est que vous… enfin… que vous partiez…

– Billy, je ne suis pas là et je ne vois rien…

– Oui, je sais, mais je n'arrive pas à vous faire partir… et ça me gêne de vous voir à côté de moi, en train de nous regarder… Même si c'est pour de faux, j'ai l'impression que vous êtes vraiment là.

– Je comprends… mais je ne peux rien faire. C'est vous et uniquement vous qui me matérialisez.

– O.K., j'essaye de vous virer… »

Je baisse les paupières et, quelques secondes plus tard, les relève.

« Et merde ! Vous êtes toujours là… Je n'arrive pas à vous faire partir. S'il vous plaît, tournez la tête alors.

– Faites-la-moi tourner !

– Mais, ce n'est pas possible ! C'est un truc de taré votre machin… Bon, allez, c'est bon, ramenez-moi ! Ça sert à rien, je n'y arrive pas…

– D'accord, Billy, je vous ramène. »

11

« Attendez, laissez-moi vous aider. Relevez-vous doucement.

– Merci. Bon Dieu, que j'ai soif !

– Tenez, buvez un peu. »

Le docteur me met la paille entre les lèvres.

« Vous aussi vous avez soif, Doc ?

– En effet, de nous deux, je pense que je suis celui qui puise le plus d'énergie… Maintenir une personne en hypnose est une chose, mais participer avec elle, dans son état hypnotique, en est une autre.

– Et vous, ça va ? » dis-je à son assistant qui, comme depuis le début, ne pipe pas mot et se contente de prendre des notes de tout ce qui sort de nos séances. Il ne me répond pas.

J'essaye une seconde de me mettre à la place de cet homme qui vient d'apprendre que je suis complice de meurtres, avec délit de fuite, recel de cadavres, dissimulation de preuves et que sais-je encore… Il doit très certainement être un peu sous le choc… Mais en l'observant bien, il ne semble pas si ébranlé que ça. Pourtant, je sens bien qu'il y a quelque chose, car le docteur le fixe d'un drôle d'air, avant de me demander :

« Comment vous sentez-vous ? Est-ce que vous y voyez plus clair ou pas du tout ?

– Franchement, Doc, je débarque complet ! J'ai dû prendre une sacrée cartouche en voiture pour ne pas me souvenir de tout ça. Mais c'est affreux ce qui est arrivé. Je n'en reviens toujours pas de ce que nous avons fait, Tina et moi. Et, j'ai peur… J'ai peur de ce que nous allons découvrir et de savoir comment tout ça va finir.

– Chaque chose en son temps, n'anticipez pas trop les événements. Il faut qu'ils vous reviennent un par un, sans jamais rien brusquer. Sinon, vous risquez de mélanger vos souvenirs. Avançons donc pas à pas. Il est nécessaire pour vous que tout se remette correctement en place dans votre tête. Et seulement à ce moment-là, vous prendrez les décisions qui seront utiles.

– Vous êtes tellement prévenant avec moi…

– Il faut lui dire… intervient soudain l'assistant.

– NON ! le coupe fermement le neurologue.

– Il le faut, ça suffit !

– Je vous ai dit NON ! »

Putain ! il se passe quoi ?

« Mais il faut me dire quoi ? Vous me faites peur ! »

Ils m'ignorent.

« C'est terminé, il faut avancer maintenant », continue l'homme qui, finalement, n'est peut-être pas qu'un simple assistant.

Le docteur le pointe du doigt :

« VOUS, venez avec moi dans le couloir ! »

Ils se lèvent tous les deux et sortent de la pièce. La porte est ouverte, je les vois discuter. Le docteur n'arrête pas de faire de grands gestes avec ses mains, l'autre a son doigt dressé comme s'il donnait des directives. Je suis inquiet. Que se passe-t-il ? Que s'est-il passé ?

Après plusieurs minutes, le docteur baisse la tête de manière un peu désabusée, il a l'air de tenter de raisonner « l'assistant ». Brusquement, ce dernier déboule dans la pièce sans que le neurologue ait le temps de le retenir.

« Non, je vous en prie ! Ne faites pas ça ! »

Le docteur lui attrape le bras comme dans un dernier espoir. Il le regarde droit dans les yeux. Je suis complètement en panique et me pose des tas de questions.

« Doc ? Vous m'expliquez ? Doc ?! »

Il ne répond pas, espérant sûrement que l'autre ne vende pas la mèche. Mais quelle mèche ?

« *Heyyy*, Doc ! Bon sang, je suis là ! Vous ne pouvez pas faire comme si je n'entendais rien ! »

L'homme, tout en regardant le docteur, fait un mouvement du bras pour se libérer de son emprise, puis s'adresse à moi :

« Écoutez : fini les conneries ! Je ne suis pas l'assistant du docteur, mais le lieutenant George White.

– Lieutenant ? Bon Dieu de merde ! Je me disais bien… »

Il enlève cette blouse qui lui servait de prétexte.

« Ras-le-bol de ces conneries ! lâche-t-il tout en regardant le Dr Borg. En plus de tout ce que vous venez de dire, qui est une grosse surprise pour vous, je vais en ajouter une… J'espère que ça va faire avancer votre mémoire, ou rêve ou quoi que ce soit… »

De nouveau, le docteur tente de l'interrompre :

« Nooon, s'il vous plaît, lieutenant, ne faites pas ça… On est en processus de reconstitution, on risque de…

– Chut ! Taisez-vous ! » s'énerve le flic.

Le docteur baisse la tête.

« Comme je vous le disais, en complément des dernières nouvelles, et ce qui explique ma présence ici… le jour de votre accident, les secours, ainsi que la police, vous ont trouvé en piteux état dans votre véhicule. Vous n'aviez pas de papiers sur vous, et c'est grâce à la plaque d'immatriculation que l'on a pu vous identifier, et retrouver votre domicile. Une patrouille s'est rendue chez vous : la porte avait été laissée ouverte. Une demi-heure plus tard, les agents ont demandé l'intervention de nos services : du sang traînait dans toute la maison, principalement dans la chambre à coucher, sur la moquette. »

Je l'écoute débiter son histoire, j'appréhende de connaître la suite.

« Nous avons procédé à des analyses : ce n'est pas votre sang, et pour le moment, il n'est pas répertorié dans nos fichiers…

– Mon Dieu ! C'est celui de Tina ? »

Les deux hommes se regardent. Le docteur ferme les yeux.

« Vous n'osez pas me le dire, c'est ça ? C'est moi qui ai tué Tina ?

– Écoutez… Je ne pense pas que ce soit celui de Tina… »

Le lieutenant se racle la gorge ; le docteur relève la tête, semblant l'implorer du regard.

« Et ce qui me fait dire ça, c'est que vos rêves reflètent bien la réalité, car au pied de votre lit, nous avons retrouvé cette fameuse batte de base-ball pleine de sang. Et ce dernier correspond à celui qui se trouve par terre. Des cheveux ont bien été retrouvés sur la batte, et l'analyse correspond à celle du sang. Donc, le jour de votre accident, et peu de temps avant, il s'est passé quelque chose chez vous : une altercation ou une agression… enfin, quelque chose de violent au vu des traces sur la batte et de la taille des taches de sang retrouvées au sol. Mais pour le moment, nous ne savons pas ce qui s'est passé. Voilà le pourquoi de ma présence ici, et comme je vous l'ai déjà dit, je ne suis pas l'assistant du docteur. J'ai tenu jusqu'ici à ne rien dire pour ne pas perturber le protocole, mais de ce que j'ai entendu depuis le début, et avec ce que nous avons découvert chez vous, il était nécessaire pour moi de vous le dire, car maintenant, on ne joue plus, et il va falloir que vous arriviez à vous souvenir de tout pour qu'on puisse tout reconstituer. Au moins, cela vous permettra de ne plus vous poser de questions sur comment tout ça va finir, car nous sommes sur l'enquête. Depuis le début, j'avais un doute concernant vos dires et sur la vérité qui pouvait en ressortir. Mais depuis cette histoire de batte dans votre rêve, il s'avère que vos souvenirs sont justes. Et si tout ce que vous venez de nous dévoiler concernant le garde forestier abattu, le clochard renversé… est vrai, c'est fini, on ne peut plus jouer… »

J'ai la bouche ouverte mais aucun mot ne sort. Je pense à ce que vient de m'expliquer ce flic, et cette dernière nouvelle m'enfonce dix pieds sous terre. Je tente de me repasser le film, mais je ne vois que cette batte rouler sur le sol de ma chambre. Est-ce le sang de Tina ? White m'a indiqué que non, mais sans réelle conviction. Et si c'était le sien, et si c'était moi ? Je revois les journaux présents dans mes rêves, mes dérives, l'alcool, les cachets… Et si j'avais pété un boulon et, sans m'en rendre compte, fait du mal à Tina ? Et si c'était moi qui avais dissimulé son corps ? Comme si, sous l'emprise de substances, j'avais fait une connerie et que, revenant à moi, je m'apercevais du drame : j'ai peur, je panique, et je tente de faire disparaître son corps… Et si… et…

Je les dévisage à tour de rôle :

« C'est moi ? C'est moi qui ai fait ça ? »

J'ai envie de pleurer.

Le docteur s'assied à côté de moi et tente de me rassurer. Le lieutenant reprend la parole :

« Nous nc savons rien pour le moment. De mon côté, je vais enquêter sur tout ce que vous venez de nous dire concernant cette nuit-là. Sur le clochard, le garde forestier…

– Quant à nous, nous allons arrêter pour aujourd'hui. Il est tard, vous devez vous reposer. Trop d'émotions, trop de nouvelles informations… Refaire une séance d'hypnose ne donnerait rien. On reprendra demain.

– Quoi ? Vous rigolez ! s'exclame le flic. Il est hors de question qu'on arrête. On ne va pas y passer des semaines. J'ai besoin de savoir ce… ce qu'il a fait, et avec un peu de chance nous aurons d'autres révélations !

– Hors de question !

– Vous n'avez pas la main !

– Ici, oui ! C'est moi qui ai la main, lieutenant. Je vous rappelle que vous êtes dans *mon* hôpital avec *mon* patient. Je suis le seul à décider de ce qui est bon pour lui. De votre côté, faites votre enquête, mais ici, dans cette chambre, c'est moi qui dirige.

– Docteur ! crié-je. Il a raison. De toute manière, tout est fini pour moi.

– Billy, je ne suis pas là pour vous juger, mais pour vous remettre sur pied, que ce soit physiquement ou sur le plan psychique, et pour aujourd'hui, ça suffit. Il est plus de 20 heures. Nous n'obtiendrons rien de plus.

– Même lui le dit ! Pourquoi ne pas repartir encore une fois dans son cerveau ?

– NON ! C'est NON ! Vous n'avez aucune autorité sur ma personne. Et sans moi… vous n'obtiendrez rien.

– O.K. O.K., soupire le lieutenant White. Ça marche… Demain, 8 heures tapantes, alors. »

Le docteur accepte d'un signe de la tête.

« Quant à vous, monsieur Wake… je vais éplucher tout ce que vous m'avez dit… sur cette fameuse nuit. »

Super nouvelle !

Je suis dépité.

Quelques minutes plus tard, le docteur et le flic sont repartis. Malgré mon état de fatigue, je n'arrête pas de penser à ces dernières révélations. Les meurtres, la disparition de Tina, le sang dans notre chambre, cette batte… Finalement, toute cette histoire est comme un film qui me serait révélé chapitre après chapitre.

J'ai peur de ce que je vais finir par découvrir. Toute ma vie est en train de basculer, et je suis encore plus inquiet pour Tina.

Je suis tellement crevé, épuisé par cette journée et ces séances d'hypnose que le sommeil me gagne peu à peu. Sur le point de m'endormir, un détail me revient : le papier retrouvé sous ma porte. « *Je sais ce que tu as fait* ». Me concerne-t-il ? Pourquoi est-il présent dans mon rêve ? Beaucoup de détails n'ont pas encore été exploités, mais celui-ci en particulier me fait flipper et reste énigmatique.

Et ce qui est certain, c'est que ce flic ne va plus me lâcher.

12

Jour de l'accident.

George White approche la cinquantaine. Il est bedonnant, pas très grand. Il est à une période de sa vie où tout le fatigue. Une fâcheuse tendance à souffler pour un oui ou pour un non, surtout lorsque c'est sa femme qui lui demande quelque chose à faire. « T'es toujours bougon », lui dit-elle souvent. Elle lui reproche beaucoup de choses et il a énormément de défauts. Mais George a une qualité que personne ne peut nier : sa passion pour son métier. Il travaille à la Crim' depuis plus de trente ans. Comme le dit sa femme, il a deux épouses : sa plaque et elle.

Ce soir-là, après avoir terminé les lasagnes préparées par son épouse, son plat préféré, ils sont confortablement installés dans le sofa, devant un bon film. Et pour rien au monde il n'aurait lâché ce moment de détente. Surtout pour une simple affaire d'accident de voiture. Pourtant, quand ses collègues l'ont appelé…

« Bonsoir, lieutenant. Merci d'être venu.

– Bon Dieu de bon Dieu ! J'espère pour vous que ça en vaut la peine !

– Encore désolé de vous avoir dérangé avec votre dame. »

White le regarde…

« Pffff… Allez, raconte-moi.

– En deux mots, on a récupéré une personne accidentée, et c'est grâce à sa plaque d'immatriculation que nous avons retrouvé le domicile. Et en arrivant… on est tombés sur ça. »

Le jeune flic semble sous le choc.

White entre dans la maison. Il y a pas mal de choses sens dessus dessous dans le salon.

Des traces de sang sont visibles partout dans les escaliers. Les équipes de la scientifique, déjà sur les lieux, commencent à baliser le terrain et prendre des photos.

« Bon sang… il s'est passé quoi, ici ?

– Le pire, ce n'est pas ici… mais là-haut. »

Il monte les escaliers tout en évitant de mettre le pied où il ne faut pas. Au sol, sur la moquette du couloir, les taches sont de plus en plus grandes. Il continue d'avancer. Sur les murs, des traces de doigts ont laissé des tas d'empreintes. Puis, il pousse la porte de la chambre. Elle se met à grincer et White aperçoit l'intérieur. Par réflexe, il prend un mouchoir qu'il se met sur le nez.

« Nom… de… Dieu…

– Vous comprenez pourquoi on vous a appelé… »

White hoche la tête.

« La personne qui a eu l'accident et qui vit ici a été emmenée au Centre médical Carolinas.

– O.K… je vais y aller. »

*

Mardi 17 janvier – 21 h 30.

White est dans le bureau du Dr Borg.

« Écoutez, je vous demande de me laisser gérer la thérapie ! Aller trop vite ne servirait à rien. Nous risquerions de ne pas pouvoir récupérer ses souvenirs.

– Je peux vous garantir que j'y suis allé "pépère" en lui racontant ce que j'ai vu dans cette maison. Il nous faut plus d'éléments. Il nous faut sa version des faits.

– Ils viendront, je vous assure qu'ils viendront. Ne soyez pas trop pressé… Si vous allez trop vite, on va se planter.

– Je vous donne trois jours ! Au-delà de ça… c'est nous qui reprendrons la main. J'ai suffisamment de preuves et d'aveux pour l'enfermer quelques jours et l'obliger à cracher la vérité.

– Ce ne sont pas des aveux… mais le récit d'une personne sous hypnose. »

White est gêné par ce propos. Mais il réalise que le docteur n'a pas forcément tort.

« Et d'ailleurs, c'est quoi cette technique d'hypnose ? C'est légal ? Qui me dit que vous ne l'orientez pas pour lui faire dire n'importe quoi ?

– L'hypnose est utilisée à des fins thérapeutiques. Elle a débuté dans les années 60, elle est aujourd'hui utilisée dans le monde entier. Elle sert à réduire les douleurs, diminuer le stress, et permet une sorte de psychothérapie. Et de nos jours, nombreux sont les médecins anesthésistes qui l'utilisent pour ne pas avoir à recourir à des anesthésies générales, lors de certaines procédures.

– Oui, mais votre truc, là, c'est pas pareil… Partir dans son rêve pour trouver des indices que son subconscient aurait cachés, et qui lui permettraient de retrouver la mémoire…

– Ce n'est pas moi qui ai instauré ça dans sa tête… c'est son traumatisme. Son cerveau s'est protégé de la sorte. Et l'hypnose lui donne juste les clefs pour les ouvrir. En aucun cas, je ne l'influence sur la vérité. J'applique une approche humaniste, centrée sur la personne, les émotions cognitives, comportementales, structurelles…

– Peu importe votre méthode… Il me faut savoir, et rapidement !

– On va y arriver, sa mémoire se débloque…

– En attendant, je vais passer quelques coups de téléphone et me renseigner sur le service des forêts. Je suis sûr qu'une enquête doit être en cours pour disparition. À demain, 8 heures ! »

White quitte le bureau.

13

Mercredi 18 janvier.

—

Il est 6 heures du matin lorsqu'elles entrent pour ouvrir mes volets, prendre encore une fois ma tension, ma température, vérifier mes bandages, changer ma poche… Bref, je n'ai rien dormi de toute la nuit, enfin si, un peu, je crois. Un mélange d'abrutissement aux antidouleurs, de somnolence, de rêves et de cauchemars. Une nuit entière à me faire réveiller, tantôt par une aide-soignante, tantôt par ce malade qui n'arrête pas de hurler de douleur. Ses cris sont comme des coups de couteau dans mon corps. Ce ne sont pas de simples gémissements ou des pleurs banals ; on peut réellement sentir une immense affliction, une souffrance. Je l'imagine dans son lit, à pleurer de douleur malgré des doses drastiques de calmants et de morphine. Ses hurlements sont comme des appels pour en finir avec son châtiment. Finalement, je ne devrais peut-être pas me plaindre. Je dois me trouver à un étage réservé aux blessés graves, aux grands brûlés… Malheureusement, il faut que je fasse abstraction de tout ce qu'il se passe à l'extérieur de cette chambre ; si je veux avancer, je n'ai pas le choix.

Après avoir bu mon petit déjeuner à la paille, une sorte de bouillie protéinée, je tente de me redresser, mais j'ai trop mal à la poitrine. Une infirmière essaye de m'aider, mais la douleur est trop intense.

« Rallongez-vous, ne forcez pas. »

Je me tiens le thorax comme si un bulldozer m'avait foncé dessus. Je suis essoufflé, comme si je venais de courir un cent mètres.

« Bon sang, qu'est-ce que j'ai mal… Je suis devenu une vraie merde ! »

L'infirmière sourit.

« Ne soyez pas trop dur avec vous. Comment vous sentez-vous, ce matin ?

– J'en sais rien… Entre mort et à l'agonie ? Quand je regarde l'état dans lequel je suis…

– Laissez-vous du temps.

– Elle a raison, laissez-vous du temps !

– Oh ! Doc, comment vous allez ?

– Ce n'est pas à moi qu'il faut demander ça, mais à vous.

– Nickel ! Regardez-moi, ce soir, je cours de nouveau, et après, je pars en prison ! »

J'ai tenté un brin d'humour, mais ça ne fait rire personne. Au contraire, l'infirmière regarde le docteur d'un air inquiet. Mais il ne répond pas. Je ne sais pas ce que veut dire ce regard, mais mon état doit laisser pressentir que je ne vais pas courir avant un long moment…

Il y a comme un blanc. Mais je suis combatif, et surtout volontaire pour avancer. Et ce qui me préoccupe le plus n'est pas ma petite personne.

« Alors, Doc, c'est quoi le programme, aujourd'hui ? Que va-t-on découvrir ?

– Cela dépend de vous, et de votre état.

– Rien à faire de mon état ! Regardez-moi ! Que voulez-vous qu'il m'arrive de plus ? Moi, je ne pense qu'à une chose : Tina !

– Alors, c'est parfait ! On va y aller… »

Le lieutenant White fait son entrée.

« Bonjour, j'ai raté quelque chose ?

– Pas du tout, nous allions commencer. »

Je regarde le flic avec stress et angoisse. Je n'ai aucune idée de ce qu'il va nous dire. Si, de tout ce que j'ai balancé hier, les choses s'avèrent justes ou si c'est simplement mon esprit qui divague… Je déglutis.

« Pour votre information, j'ai eu la confirmation ce matin par des équipes locales. »

Il se tourne vers moi.

« Un garde forestier a bien disparu sans donner aucune nouvelle. Il était bien en patrouille sur les lieux que vous avez décrits. Nous avons retrouvé les enregistrements radio au central, qui confirment sa présence pour un contrôle concernant des sangliers sur le bord de la route. Il n'est jamais rentré et sa voiture n'a jamais été retrouvée. »

Le docteur me regarde, mes yeux doivent en dire long. J'ai honte et je suis horrifié. Si tout est juste, alors, ça veut dire que tout le reste le sera aussi. Je me tais. J'ai peur.

« Ce garde s'appelait Max Down. Il avait 44 ans et il était père de deux enfants. Ça vous donne pas envie de gerber ? »

White attend une réaction de ma part. Je garde le silence avec la boule au ventre.

« Vous voulez que je repasse plus tard pour notre séance ? me demande le docteur.

– Hors de question ! répond White à ma place.

– Il a raison, je veux savoir aussi. De toute façon, il n'y a plus d'issue.

– Avant que l'on commence, vous rappelez-vous de quelque chose de différent qui ne nécessiterait pas de passer par l'hypnose ? Est-ce que la mémoire vous est revenue concernant certains détails ? »

Je secoue la tête pour lui signifier que non.

« Très bien… Est-ce que vous vous sentez prêt ? »

Je chuchote à l'oreille du docteur :

« Pourquoi vous êtes si sympa avec moi ?

– C'est mon métier. Je me préoccupe des patients, et de les remettre… sur le droit chemin, dirons-nous. Je ne m'attache pas à la forme. Du moins, j'essaye, car je ne dis pas que je n'ai pas d'affect. Mais pour progresser, je dois rester pragmatique et faire avancer les choses. Et aujourd'hui, on doit le faire avec vos souvenirs qui se sont perdus dans vos rêves.

– Je vous dégoûte ?

– Non, je vous plains. Et je vais vous aider.

– Alors, repartons…

– Vous en êtes sûr ?

– Certain !

– Alors, allons-y… »

*

… tic tac, tic tac, tic tac…

J'ouvre les yeux… Je respire… c'est dingue, cette sensation, j'ai vraiment l'impression de respirer, d'être dans ma vie réelle.

Je me relève et je vois de nouveau le verre de whisky. Je sais que je vais le finir. Je n'en ai toujours pas envie, mais mes gestes sont comme programmés pour le faire…

J'ai déjà dans la bouche le goût amer de ce vieux bourbon bien dégueulasse. Je ne l'ai pas encore bu, mais je sais ce qu'il va provoquer chez moi…

« Doc ?

– Oui ?

– Pourquoi je sais d'avance ce qu'il va se passer ? Enfin, je veux dire… je sais ce qu'il s'est passé, mais pourquoi je ressens à l'avance le goût de ce whisky ?

– C'est votre mémoire, non pas celle des souvenirs, mais votre mémoire cellulaire qui agit. Dans votre vraie vie, vous avez déjà goûté à du whisky, donc vous connaissez son goût. Ceci allié à votre mémoire sensorielle et la répétition de votre rêve… cela devient instinctif chez vous.

– Y a de quoi en être dégoûté, à la fin…
– On s'en sert comme thérapie chez certaines personnes pour les aider à se libérer d'addictions comme l'alcool, le tabac…
– Je veux bien vous croire ! »
Magnanime, je prends les deux derniers cachets et les avale…
Saloperie !... Bon, on en est où ?
Je me lève, jette un coup d'œil aux journaux, vais dans la salle de bains, me passe de l'eau sur le visage et ressors. Je ne me pose plus aucune question sur mes faits et gestes. Je sais à quoi m'attendre et je me dois d'avancer.
Je fouine du regard pour voir si un détail m'échappe... Je ne remarque rien de plus ; il me faut continuer et trouver des indices. Je ne peux retarder le rêve, ni l'avancer, ni le mettre sur pause pour prendre tout mon temps. C'est le problème dans la technique du docteur : si je passe à côté de quelque chose, alors, il faut recommencer et repartir du début.
« Je ne vois rien, Doc !
– Alors, il n'y a peut-être plus rien à saisir ici, tout simplement… ou bien quelque chose viendra à nous plus tard, et nous repartirons voir si nous sommes passés à côté. »
J'entends le bruit de la tasse à café.
« Je dois descendre ! Il y a Tina ! »
En quatrième vitesse, je suis dans la cuisine et, à ma grande déception, Tina n'est pas là.
« Mais je ne comprends pas : j'ai pourtant bien entendu le bruit de la tasse.
– C'est de là que vient le problème. Je vous le redis, vos rêves sont un mix entre souvenirs, réalité et hallucinations. Pour faire simple, après votre accident, les émotions ont gagné votre esprit et s'y sont infiltrées, jouant avec votre cerveau. Ainsi, votre amour et votre

inquiétude pour Tina sont tellement forts que vous les avez transposés dans votre rêve. Au fil de l'eau, vous prenez conscience de ce qui reste réel au sein de votre rêve et de ce qui ne l'est plus. Donc, votre rêve épure certains éléments. Ce qui explique que certaines choses restent à l'identique, tels votre réveil, le verre, les cachets, le néon… et d'autres non, comme Tina, qui n'est plus là. Qui, d'ailleurs, n'était déjà plus là lors de la boucle de votre rêve.

– Oui, je me souviens, c'était vous !

– En effet. Non que je faisais partie de votre rêve, mais je m'y suis moi-même intégré lorsqu'il m'a été permis de le faire. Tout ça pour vous dire que dans cette partie du rêve, Tina n'a été qu'un reflet de vos émotions, parce que votre esprit avait besoin de la voir à ce moment-là.

– Ouais, c'est pas simple… Avec des souvenirs dont certains sont vrais et d'autres faux, je pédale complètement dans le yaourt !

– Vous allez y arriver, il faut juste vous habituer. Maintenant, rappelez-vous lorsque vous êtes descendu la première fois dans la cuisine : Tina vous a-t-elle parlé ? Réfléchissez bien… revoyez la scène…

– Je m'en souviens parfaitement, comme si c'était hier…

– Mais, Billy, c'était hier… Alors, dites-moi.

– Dans mon rêve, je suis descendu et je lui ai dit… »

*

« Ça va ?… Euh, tu sais, je suis désolé pour hier. »

Tina tourne légèrement la tête sur le côté. Je ne sais pas si elle désire me regarder. Elle ne bouge plus et semble attendre que je continue mon discours, certainement des plus pourris.

« Euuuh, en fait, hier… beeeenn… »

Je ne me souviens même pas de ce que j'ai fait, je n'ai rien à lui dire.

Elle jette un coup d'œil à sa montre :

« Et mince... je suis en retard ! »

Elle s'empresse de prendre son sac et ses affaires. Elle ne daigne pas me regarder et passe devant moi en tournant la tête.

« Attends, Tina ! Attends-moi ! Je vais t'emmener et je viendrai te chercher. »

Elle sort rapidement en claquant la porte. Tout en essayant de rester debout, j'enfile mes baskets tant bien que mal et sors moi aussi. Tina va monter dans la voiture.

*

« Vous a-t-elle parlé ?

– Non… et même dans la voiture… elle ne m'a pas parlé… »

*

« Attends ! Tina, attends-moi ! »

Elle ne dit toujours rien et semble me faire la tronche. Je tente d'adoucir la situation en faisant de l'humour.

« Bon, O.K... Je sens que tu as envie de conduire, vas-y, c'est très bien, il faut pratiquer des heures avant de pouvoir passer son permis ! »

Elle entre dans le véhicule et claque la portière.

« Noooon ! Mais, Tina, je déconne, bon sang ! Allez, arrête ! crié-je en m'asseyant à côté d'elle. Bon, je t'accompagne et je garde la caisse. Et ce soir, si tu veux, je t'emmène dans un petit resto sympa. On sera tous les deux, et rien que nous deux. Je te jure que je saurai me faire pardonner ! »

Tina allume le poste et met son CD préféré : Chris Isaak, Wicked Game. *Elle pousse le volume à fond. C'est mort, impossible de lui parler. Quand elle fait ça, c'est pour s'isoler. Elle se retranche toujours de cette manière quand elle ne veut plus parler.*

Je soupire. Je me laisse aller contre l'appuie-tête et regarde le plafonnier. Tina tapote le volant avec ses doigts tout en se synchronisant sur la musique.

« Allez... arrête de faire la gueule... s'il te plaît... Mais pourquoi je me suis mis avec une Italienne ?! »

*

« Elle ne vous parlait pas… vous seul parliez. Non pas parce qu'elle ne le voulait pas, mais parce que cette scène de discussion, à ce moment, dans cette voiture, n'a jamais eu lieu…

– J'étais pourtant persuadé…

– Il est difficile de démêler le vrai du faux, le réel du virtuel, l'imaginaire des faits authentiques… Mais ne vous focalisez pas là-dessus, ce n'est pas grave. Par contre, cette scène implique quelque chose : la cuisine, vous… Cela s'appuie sur une réalité, sur vos souvenirs…

– Mais lesquels ?

– Je vous l'ai dit, votre rêve est un disque, seules les choses qui se répètent ont un sens de vérité…

– Je sais, mais je ne vois pas… Bon sang, je suis attiré par la porte d'entrée ! Je dois sortir… Mon rêve avance et me force à sortir. Merde, on passe à côté de quelque chose ! Ramenez-moi, on recommence, Doc ! Doc ! »

*

Je commence à m'agacer sur mon lit d'hôpital.

« Merde ! Je suis paumé !

– Billy, on s'en sort plutôt bien, je trouve… Mais je savais que ce genre de problèmes d'interprétation, dans la longueur, allait devenir compliqué…

– Alors hier, comme par hasard, c'était magique, intervient le lieutenant White avec une pointe d'irritation dans la voix. Et aujourd'hui, depuis que je vous ai dit que vos révélations correspondent aux faits, vous ne vous souvenez plus de rien. Vous me prenez pour un idiot ?

– Non, c'est normal, répond Borg. Son rêve s'adapte au fil des révélations… Si ça vous dérange, vous n'avez qu'à sortir.

– Et puis quoi, encore ? Je ne me fais pas mener à la baguette !

– Docteur ?

– Oui, Billy ?

– On y repart, le temps presse, et on est en train d'en perdre !

– Je sais, mais on doit trouver l'indice dans cette cuisine qui nous permettra d'atteindre votre souvenir suivant et d'avancer chronologiquement. Si on fait l'impasse et qu'on part dehors, on risque de se perdre… Quitte chaque fois à repartir au début, il ne faut pas que l'on passe à côté…

– O.K… je suis prêt ! »

*

Tel un film passant en accéléré, j'ouvre les yeux, prends les cachetons, bois le whisky… encore. Je marche sur des journaux, me lave la tronche, descends en trombe dans la cuisine… je cherche, scrute, balaye du regard le moindre recoin… mais rien… Je suis aspiré dehors par l'attraction de mon rêve…

*

… et c'est comme ça pendant un long moment.

Je bois mon verre, marche sur les journaux, me lave, et je descends…

Puis… de nouveau je bois mon verre, marche sur les journaux, me lave, et je descends…

Et rebelote… mais cette fois je m'énerve : j'avale mon whisky et balance le verre derrière moi puis donne un coup de pied dans ces foutus journaux, me jette de l'eau sur la gueule, et je descends…

« Dooooc ! J'en ai marre ! »

Je hurle dans mon rêve.

« Doc, j'en peux plus ! On ne trouve rien !

– Vous voulez arrêter ?

– Noooooon… Je pense à Tina… mais je n'y arrive pas… Je me lève, je bois… gnagnagna… je me lave… hop ! j'entends le bruit de la tasse et je descends… et…

– Et ?

– Vous m'avez dit que seuls les faits qui reviennent dans mon rêve aspirent à une réalité, c'est ça ?

– Oui, en principe. »

Et c'est reparti pour un tour… je siffle mon verre, m'asperge la figure, et… et, maintenant, j'attends.

« Qu'est-ce qui se passe, Billy ?

– Chuuuut ! »

Le bruit de la tasse !

« Bon sang ! »

Je dévale les marches, ouvre le placard et prends la première tasse. Il y est inscrit : « *Starbucks – Gateway village – Charlotte* ».

« Mais oui, c'est ça ! Je me souviens, maintenant ! Quand je suis descendu la deuxième fois et que vous étiez là… En fait, que ce soit avec Tina ou vous, il y a eu ce bruit de tasse à café… À chaque fois ! Et de cette tasse, je m'en souviens… nous l'avions achetée, avec Tina, au Starbucks. Nous y avions eu une grande discussion. C'est pour ça que je l'ai transposée dans la cuisine…

– Bravo, Billy ! Je vous récupère : voulez-vous revenir ici ou repartir directement dans vos souvenirs ?

– On ne perd pas de temps ! Direction le cinéma. »

Je serre ma tasse très fort dans les mains et ferme les yeux. Je me concentre sur les paroles du docteur, et le vibrato se fait entendre.

*

C'est comme une bascule dans un monde obscur. Sombre au démarrage, avec un silence de plomb. Me retrouver dans cette salle immense me glace le dos. Cette sensation d'être seul, comme coupé de la « réalité ». Je préfère mes rêves à cet endroit extrêmement froid… Le rouge des fauteuils ressort plus que d'habitude. J'y vois un quelque chose de lugubre.

J'ai besoin du docteur.

« Doc ?

– Je suis là, Billy. »

Je sursaute.

« Ne débarquez pas comme ça, d'un coup ! Déjà que c'est flippant, ici ! J'ai l'impression de voir du sang dans cette salle de cinéma. Je n'avais pas cette sensation auparavant. Est-ce que c'est à cause…

– Pas la moindre idée… les couleurs s'assimilent très vite.

– Vous savez, je me pose une question : pourquoi cette tasse est-elle si symbolique ?

– Ce n'est pas la tasse en soi, mais à mon avis, la discussion que vous avez eue avec Tina… Elle doit nous permettre d'avancer.

– J’espère… »

L’écran blanc s’anime devant moi.

14

« Ça va, ma chérie ? »

Billy caresse la main de Tina. On le sent extrêmement prévenant. Quant à Tina, on devine à ses traits que l'angoisse et le stress la hantent au quotidien.

« Ça va comme quelqu'un qui vit avec la mort de deux personnes sur la conscience… et, par-dessus le marché, qui a tout fait pour tenter de camoufler ce merdier. Et toi, ça va, mon amour ?

– Pffff, je sais ce que tu ressens, mais on ne peut plus revenir en arrière, maintenant.

– Je regrette, tu sais…

– Je m'en doute…

– Et sinon, Billy, que me vaut ce rendez-vous dans ce café un samedi après-midi ? Tu devrais être avec l'équipe pour vos préparatifs. Vous êtes aux portes de la finale. Il ne faut pas me faire venir ici pour qu'on parle de ce qui ne va plus. Je te rappelle qu'on a fait ça pour toi, pour ta carrière ! Je te rappelle aussi que ce jour-là, tu étais bien imbibé d'alcool, au volant ! Et que c'est pour ça qu'on n'a pas appelé la police, parce que tu avais peur… »

Visiblement, Tina enrage. Elle remonte son col roulé jusqu'à la bouche. Une envie de se cacher, des angoisses qui lui montent à la gorge.

« Franchement, Billy, je pensais que ça t'aurait servi de leçon. Du moins, qu'il y avait une morale à en tirer. J'essaye de me raisonner, de me dire qu'il faut trouver du positif dans toute cette histoire… mais non ! Non, Billy, tu continues tes conneries, tu continues de sortir avec tes potes, de boire ! Et tu prends de plus en plus de cachetons. Soi-disant pour la douleur. Mais, Billy, si t'as mal, arrête tout ça ! On arrête tout et on se casse ! On prend nos valises et on s'en va ailleurs. On a assez d'argent ! De mon côté, je finirai mes études autre part.

– Mais tu voulais t'occuper de moi ! Tu voulais devenir ma manager !

– Mais, Billy, t'as quel âge ? Tout ça, on s'en fout, bon sang ! Si t'arrêtes le football, on change de plan, je change de métier… je m'en fiche. J'ai fait ça pour toi, on s'est dit ça parce que ça nous faisait marrer ! Mais je n'en ai plus rien à faire. Demain, si tu me dis on se casse, on y va ! Si tu veux, on prend deux billets pour l'Italie et on part dans ma famille, Billy. Tu comprends ? Mon amour pour toi est inconditionnel… mais pas de cette façon, Billy ! »

Elle a les larmes aux yeux. Il prend ses mains.

« J'ai pas de remords, Tina… Quand j'ai décidé de le faire, quand j'ai décidé d'appeler Richard, c'était uniquement pour nous sauver…

– *Te* sauver, Billy ! Juste te sauver, et tu m'as embarquée avec toi…

– Je te rappelle que tu as assommé un garde ! On n'en serait peut-être pas là si tu l'avais pas frappé !

– Chuuutt ! Parle doucement, tout le monde nous regarde !

– Arrête de psychoter, bordel ! Depuis ce soir-là, tu te méfies de tout. Tu penses que tout le monde va savoir ! Je te rappelle juste que si Richard a dû tuer ce garde, c'est parce que tu nous as mis aussi dans la merde !

– Mais j'ai paniqué !! dit-elle en haussant le ton. Tu peux comprendre ça !

– Ouiiii, je peux comprendre ! Mais pourquoi, alors, tu n'essayes pas de me comprendre, *moi* ? Hein ? Tout le monde doit te comprendre, mais toi, en revanche, tu ne comprends personne. Tu ne comprends pas pourquoi, moi, je pouvais avoir peur, tu ne comprends pas pourquoi Richard est allé à l'extrême et tu ne comprends pas pourquoi il a tout camouflé… »

Une larme dévale sa joue, elle tremble.

« Mais, Billy… j'ai peur, Billy… tout simplement. J'ai peur de ce qui peut nous arriver, maintenant. Je ne sais pas pourquoi, mais je ne sens rien de bon…

– Tu sais, je t'aime, je t'adore… mais t'es en train de déraper, et je ne sais pas si j'arriverai à tenir longtemps comme ça. Si toi tu craques, alors moi, je ne vais pas savoir quoi faire tout seul. Toutes ces années, tu as été là pour moi. Tu es ma force, tu es l'arbre sur lequel je m'appuie. Je ne vis que pour le football, je ne sais faire que ça… et toi, tu es là pour tout le reste… Tu es la seule à avoir fait de hautes études, tu es issue d'un milieu qui n'est pas le mien. Aucune fille de ton rang ne m'aurait jamais regardé… sauf toi. Je t'aime, mon ange. Je t'aime tellement ! Je ne suis rien sans toi ! »

Ils se serrent fort dans les bras et ne se lâchent plus.

« Alors, tu sais quoi ? Tu joues ta finale, tu empoches tes primes de match et on part tous les deux. Je prends deux billets et on s'envole. Et on disparaît.

– Vu comme ça, ça a l'air bien, mais… »

Billy a un air de chien battu.

« Mais quoi ?

– On est liés au syndicat, maintenant.

– Quoi, QUOI ?! Qu'est-ce que tu me racontes ? On n'est liés à rien du tout !

– Tu sais, Richard va nous demander quelque chose.

– Comment ça, Richard ? Mais tu l'as vu quand ? Tu ne m'as rien dit !

– Je l'ai vu à la soirée de Johnson la dernière fois… et puis, à la journée des associations pour les jeunes défavorisés, tu sais, celle où t'as pas pu venir…

– Mais, Billy, t'aurais dû me le dire ! C'est ce qu'on s'était dit tous les deux : si Richard revenait vers nous dans cette affaire, il fallait qu'on se le dise et qu'on soit francs tous les deux !

– Je ne voulais pas t'embêter avec ça, t'étais tellement pas bien ! Angoissée, stressée… J'ai pensé que c'était à moi de prendre le relais pour nous deux. Et comme tu l'as dit, toute cette histoire a commencé à cause de moi. Donc, j'ai pris mes responsabilités. Et en parlant de Richard… il est là, il vient pour nous parler à tous les deux.

– Et tu ne me le dis que maintenant ?!

– Si je te l'avais dit avant, tu te serais mise en pétard, je ne savais pas comment aborder le sujet… C'est pour ça que je t'ai proposé un café ici.

– Billy, je te jure que…

– Tiiiinnnnaa ! Comment ça va ? Toujours aussi radieuse ! N'est-ce pas, Billy ? »

Richard est joyeux, comme si tout allait bien dans le meilleur des mondes.

« Salut, Richard… répond Tina d'un ton glacial.

– Ça va, les deux tourtereaux ?

– Ça va, ça va… » fait Billy, tout penaud.

Richard, comme à son habitude, est habillé d'un costume. Les cheveux plaqués en arrière, il se la joue De Niro et Pacino dans leurs rôles du *Parrain*. Même dégaine, humour de gros bras. Sauf que son tic est de se frotter le nez à chaque respiration.

« Bon… bien… Et toi, champion, t'as la forme ? On se prépare pour cette finale, hein ?

– On fait ce qu'on peut !

– Eh oui, Billy, il va y avoir de l'enjeu pour ce match… La foule, les pubs, les sponsors, les *touchdowns* ! Une belle soirée à l'américaine en perspective ! Bon, t'as réfléchi un peu à tout ce qu'on s'est dit, Billy ? Tu as parlé à Tina de ce qu'elle devra faire ?

– Comment ça, ce que je devrais faire ? Billy ? C'est quoi, ces conneries ?

– Oooh, il t'a rien dit… Ah, c'est pas bien ça, Billy ! Il faut tout dire à madame…

– C'est bon, Richard, je ne suis pas une gamine, et encore moins la pute de Billy ! Alors si t'as un truc à me demander, fais-le !

– Ouh là… mais c'est qu'elle mordrait ! J'adore ça, chez une femme ! C'est ça les Italiennes ! Hein, Billy ? Tu dois bien t'éclater au lit avec ça !

– Le "ça" te dit d'aller te faire foutre, Richard ! rétorque Tina, hors d'elle.

– *Heyyy*, Richard, mais qu'est-ce qui te prend de lui parler comme ça !?

– Billy, on se tire ! Viens ! »

Son sac à la main, Tina s'est levée. Billy obtempère.

« Du calme, vous deux ! Toi et ta pouffe, vous vous rasseyez immédiatement… Dois-je vous rappeler ce que le syndicat a fait pour vous ? »

Tina et Billy ne bougent plus. Un blanc s'installe. Richard laisse passer quelques secondes avant de reprendre les rênes de la conversation.

« C'est bon, les jeunes, ça va, détendez-vous et rasseyez-vous… On ne peut plus rigoler ? »

Tina et Billy, toujours debout, ne bronchent pas.

« Assis, j'ai dit ! »

Sous la pression de Richard, ils s'exécutent.

« Bon, je vois que vous êtes un couple sous l'émotion, c'est ça ?

– On n'aime pas ton humour de merde, plutôt ! balance Tina.

– Cependant, vous aimez bien quand je vous aide… hein ? »

Tina se tait. Et Billy n'ose rien dire.

« Alors, vous savez quoi ? Je suis d'accord avec Tina… Je vais me montrer très correct avec vous, dorénavant… »

Billy fait un signe à Tina.

« Bon, Billy, Tina… le syndicat s'est sacrifié afin de vous éviter de sacrées emmerdes… Ce que nous avons fait pour vous, comme pour d'autres, exige beaucoup de moyens, des relations… et donc énormément d'argent.

– Si c'est du blé que tu veux, Richard, dis-nous ton prix, et avec Billy, on se débrouillera.

– Ce n'est pas forcément comme ça que ça se passe… et on ne veut pas du blé de Billy… Le syndicat n'est pas fou : recevoir de l'argent serait la pire des choses à faire et mettrait la puce à l'oreille de certaines inspections… Non, non, non, gardez votre fric.

– Qu'est-ce que tu veux de nous, alors, Richard ?

– Ben… pas grand-chose, on a juste besoin d'un petit service.

– C'est-à-dire ?

– Un pari…

– Un pari ?

– Oui, un simple pari.

– Je ne comprends pas : sur qui, sur quoi ?

– Un pari sur toi, Billy…

– Je ne percute toujours pas.

– Les cotes de jeu, Billy, les cotes de jeu… Aujourd'hui, on peut parier sur tout et n'importe quoi : le vainqueur, le perdant, le nombre de points, à quel quart-temps, qui marquera, jusqu'au détail d'une action… allant des cotes les plus basses à des cotes exponentielles quand celles-ci sont combinées… Chaque joueur est décrypté dans les moindres détails avec toutes ses possibilités de jeu, et des cotes sont associées. Aujourd'hui, Billy, tu es la pépite montante… mais aussi le joueur le plus instable, d'après les pronostiqueurs et les bookmakers. En somme, ton jeu improbable te donne une cote monstrueuse… Et ce que le syndicat te demande, c'est juste de faire ce qu'on va te dire.

– Vous… voulez que je triche ?

– Non, Billy, juste qu'à un moment du match, tu fasses une seule action bien définie… sur laquelle nous allons parier une immense somme d'argent.

– Un pari truqué… dit Billy en baissant les yeux. Si ça se sait, je serai viré et mon image sera pire que celle d'aujourd'hui !

– Billy, tu veux que je te rappelle où tu serais aujourd'hui si nous n'avions pas été là ? Et nous ne te demandons pas de truquer le match. Que votre équipe gagne ou perde ne nous intéresse pas… Nous voulons juste une action de ta part dans un quart-temps… C'est l'action la plus improbable qui fait monter une cote.

– Si Billy s'exécute, tu nous ficheras la paix ! s'exclame Tina.

– Aucun problème, ma belle. Tu vois, Billy, je suis courtois, et ta copine a tout compris… Par contre, Tina, il va falloir que toi aussi, tu t'impliques.

– Comment ça ?

– En pariant pour nous.

– Pourquoi vous ne pariez pas vous-mêmes ? Sachant que le deal est que Billy fasse exactement ce qu'il a à faire…

– En effet, ça pourrait être aussi simple. Le souci, si je puis dire, ce n'est pas les bookmakers : ils acceptent les grosses sommes d'argent dans certains paris. Il y a toujours eu des grosses sommes misées par de riches participants ou groupes d'entreprises… mais pour ça, les bookmakers passent par des banques spécialisées dans ce système de paris. Normalement, les parieurs lambda sont limités sur le montant de la mise comme sur le montant des gains. Mais certaines banques ont des accords avec le gouvernement pour des montants plus élevés. En contrepartie, les parieurs doivent présenter patte blanche. En somme, toute personne du syndicat ne peut pas parier au vu de ses activités liées aux managers sportifs et aux joueurs… comme tout joueur, femme de joueur, ou leur famille sont interdits de paris.

– Mais je ne comprends pas : je suis la copine de Billy !

– Oui, juste “copine” : vous n'êtes pas mariés, et ça te définit comme n'étant pas sa femme. Mais nous ne sommes pas fous et ne prendrons aucun risque. Nous te demanderons donc de parier pour nous sous une fausse identité.

– Pourquoi moi ? N'importe quelle femme sous une autre identité peut le faire à ma place !

– Pour la simple et bonne raison qu'une autre personne n'acceptera pas forcément de faire un pari comme celui-ci de manière illégale. Que cette personne nous demanderait sûrement une rémunération pour le faire, alors que toi… tu nous dois un service, comme ce cher Billy. Si tu ne le fais pas, je suis prêt à parier que tu passeras le reste de tes années en prison pour ce que vous avez fait, Billy et toi…

– Vive la courtoisie… hein, Richard !? »

Tina a clairement envie de le frapper.

« Tiens ! poursuit Richard en lui tendant une feuille. Voici ta future identité. Je te conseille d'apprendre tout ça par cœur, car la banque qui gère les paris te posera un tas de questions… Tu nous fourniras une photo, et nous te donnerons un passeport adéquat comme pièce d'identité, ton casier judiciaire, l'entreprise pour laquelle tu travailles et pour qui tu fais le pari… ainsi que le numéro de compte sur lequel la banque transférera l'argent quand Billy aura réussi son exploit. Concernant l'apport pour le pari, tout se fait en liquide. Ce genre de banque de paris n'est pas trop regardante quand l'argent rentre, mais plus quand il doit ressortir. Et ça permet de ne pas avoir de trace quant à la provenance de cet argent…

– Et si je me fais pincer ?

– Alors, tu seras seule, et ça sera le prix à payer pour avoir triché et truqué un match… mais mieux vaut ça que la complicité de meurtre.

– T'es un pourri !

– C'est dingue comme la mémoire est sélective et ne décide de garder que ce qui l'intéresse… Je ne me souviens pas avoir été un pourri le soir où Billy, imbibé d'alcool, a renversé le clochard et que toi, sous la panique, tu as frappé en pleine tête un pauvre garde forestier qui ne faisait que son travail… »

Billy et Tina ne répondent pas, partagés entre remords et dégoût.

« Écoutez, les tourtereaux, il n'y a pas de quoi s'affoler : ce que Billy aura à faire passera comme une lettre à la poste.

– Mais, Richard, comment peux-tu être sûr que j'arriverai à faire ce que tu me demandes ? Ça sera sans faille ?

– T'inquiète, Billy, tu y arriveras, et certains joueurs seront de mèche pour couvrir ton action.

– Parce qu'en plus on est plusieurs sur le coup ?

– Mais qu'est-ce que tu crois ? Tu penses que lorsque nous organisons ce genre de pari, on laisse des détails jouer avec le hasard ? Billy, ce n'est pas la première fois pour nous. C'est pour ça que je ne m'inquiète pas trop à ce sujet. Et de ton côté, Tina, tu montreras patte blanche et la banque ne refusera pas la mise. Et puis, ce n'est pas tant la somme investie qui compte, même si elle paraît importante, mais sa fusion avec la cote boostée que notre petit Billy va habilement réussir à produire… ce qui va générer du blé. »

Richard marque une pause avant de reprendre :

« Depuis l'ouverture des paris sportifs dans notre pays, le gouvernement y a vu un moyen de se faire du fric et de s'enrichir. Mais pour ce faire, il faut en avoir le contrôle, donc, ils ont initié les paris via des banques. Ainsi, les grosses sommes sont autorisées, et le jeu génère des millions, qui rentrent dans les caisses de l'État. Même s'il y a des gagnants, l'État y trouve largement son compte. Il faut juste que celui-ci ne voie pas le pari truqué.

– Mais comment être sûr qu'ils ne vont pas s'en rendre compte ?

– Pour ça… Billy, ne t'inquiète pas. Même s'ils font des contrôles, ils ne pourront rien remettre en cause.

– Et après ça, tout est fini entre nous ?

– Tout. Je n'ai qu'une parole… »

Discrètement, Tina déplie la feuille pour lire le début.

« Voilà qui est bien… je vois que tu t'imprègnes déjà de ta future mission. Bien, je vais vous laisser, et je reviendrai vers vous pour finaliser tes papiers, Tina.

– Et moi ? Je fais quoi ? Je dois faire quoi ? demande Billy.

– Pour le moment, rien, champion, tu continues de t'entraîner, tu ne te poses aucune question. Je te le dirai au dernier moment. Allez, les amoureux, je vous laisse… Bonne journée ! »

Richard se lève et part comme si de rien n'était. Billy et Tina sont secoués par sa demande, mais un peu rassurés d'avoir peut-être trouvé une porte de sortie à cette histoire. Tina regarde la feuille de plus près. Il y est inscrit :

Prénom : Maria / Nom : Thomson

*

« Thomson ! »

Je suis sur mon lit d'hôpital. Comme d'habitude, je bois de l'eau comme ce n'est pas permis. Je transpire à grosses gouttes. Ces séances avec le docteur sont épuisantes. Pour moi, mais aussi pour lui.

White n'est plus là. Il est probablement déjà en train de passer des coups de téléphone à droite et à gauche, à l'affût de la moindre information complémentaire… Je l'aperçois dans le couloir, il discute avec un autre flic, en uniforme celui-là. J'en profite pour chuchoter en tête à tête avec le docteur :

« "Thomson", c'est le nom que j'ai entendu sur le répondeur de la maison, je crois bien ! Doc, il faut qu'on reparte dans mon rêve pour vérifier. Je me souviens, mais j'ai un doute… En plus, le répondeur ne marchait pas bien… d'ailleurs, je ne sais pas pourquoi le son était haché…

– Je vous le confirme, Billy, il s'agit bien du nom de "Thomson", je l'ai noté.

– Par contre, Doc, sincèrement, je crois que je me suis mis littéralement dans la merde… on s'est laissé embarquer par ce syndicat, une véritable mafia ! Mais… il y a une chose que j'ai du mal à comprendre : j'ai arrêté le foot depuis mes blessures, et Tina vient juste de disparaître… si ça se trouve, sa disparition n'a aucun lien avec cette histoire… parce que si on est allés jusqu'au bout… je comprends plus rien… Richard nous demande d'agir sur cette finale ; or, cette finale date de plusieurs mois, donc, toute cette affaire date de longtemps… Pourquoi tout ça ressort maintenant ? »

Le docteur semble réfléchir un instant.

« N'essayez pas de comprendre tout de suite, cherchez uniquement la vérité. Gardez à l'esprit que cette réalité que vous venez de voir n'a peut-être aucun rapport avec sa disparition. Mais tout a un lien dans votre tête, et si vous ne vous êtes pas souvenu de ça et que ce souvenir apparaît maintenant, c'est forcément qu'il en existe un. Après, quand, comment, quelle est sa fonction… nous ne le saurons qu'à la fin, et pour ça, nous devons continuer.

– Sur le répondeur… dans mon rêve… Tina avait un rendez-vous avec une certaine agence Millwood, ou quelque chose comme ça… »

Avec ce que je viens de voir et d'entendre, les propos et menaces de Richard, ne pas savoir où est Tina m'angoisse encore plus…

« Il faut qu'on reparte dans le rêve !

– Pas maintenant, Billy, ce n'est plus possible. Nous referons une séance tout à l'heure.

– Et pourquoi pas immédiatement ? »

White est de retour dans la chambre :

« Une équipe pense avoir localisé le lieu exact où vous avez renversé le clochard et tué le garde.

– Nous ne l'avons pas tué ! » crié-je.

Le lieutenant m'observe en gardant le silence. Puis se tourne vers le Dr Borg :

« La prochaine séance, c'est quand ?

– Ce soir, c'est possible.

– Parfait. »

Avant de quitter ma chambre, le docteur me dit d'une voix se voulant rassurante :

« Faites-moi confiance et reposez-vous. »

15

Grassy Island Road – 14 heures.

White a donné pour consigne à plusieurs patrouilles de passer au peigne fin chaque centimètre carré de la route principale d'Arrowhead Lake : Grassy Island Road. À force, les agents ont fini par trouver des indices…

« O.K., montrez-moi ça, les gars, ordonne le lieutenant, n'ayant pas traîné pour se rendre sur les lieux.

– Ici, sur cette portion, on retrouve un véritable chantier. Y en a de partout, à croire que des sangliers ont été abattus ici. On retrouve une quantité de poils, du sang, mais de manière exagérée… comme si on voulait brouiller des pistes.

– O.K., faites venir une équipe de la scientifique et fermez cette route. Mettez une déviation en place jusqu'à nouvel ordre. Et lui, c'est qui ?

– C'est un garde forestier, Jérémie Von, un ami de Max Down, le garde qui a disparu. Ils bossaient souvent ensemble.

– O.K. ça marche je vais le voir… »

Quelques secondes plus tard.

« Monsieur Von ? Enchanté, lieutenant White, de la Criminelle.

– Si vous êtes de la Criminelle, c'est que vous pensez qu'il est mort ?

– Nous n'avons rien de précis pour le moment… juste une sorte de… "témoignage", dirons-nous. Et apparemment, un incident aurait pu se passer ici sur cette route. Dernier lieu d'ailleurs où votre collègue a patrouillé ce soir-là.

– Oui, c'est ici, il faisait une ronde. Puis, il est reparti. Et depuis, il a disparu. Ce que je ne comprends pas, c'est que quand vos collègues ont enquêté sur sa disparition, personne n'est venu voir cette route à cet endroit…

– À la base, il était reparti… même le central le confirme, donc il n'y avait pas d'intérêt à filtrer ce coin… Et dans ce périmètre, il y a des sans-abri qui se baladent ?

– Oui, il y en a un ! D'ailleurs, nous pensons qu'il lui est arrivé quelque chose, car il a disparu, lui aussi… Vous croyez qu'il y a un rapport avec la disparition de Max ? »

White n'entre pas dans les détails et coupe court :

« Il y a un endroit dans cette forêt où il a l'habitude de dormir ?

– Oui, c'est à quelques centaines de mètres, il a un abri de fortune. Suivez-moi. »

Après une brève marche dans les bois, White et une partie de ses hommes arrivent dans une petite clairière servant visiblement de campement.

« On dirait que tout a été ravagé ici. Il n'y a plus rien. »

Le lieutenant scrute le sol de plus près :

« Et on y retrouve pas mal de traces identiques à celles sur la route. O.K., balisez-moi cette zone et faites venir la scientifique ici aussi. » White se tourne vers le garde. « Je suppose que vous connaissez tous les chasseurs du coin ?

– Ah ! oui, m'sieur, et je peux vous dire que ce ne sont pas eux qui ont fait ça. Je connais tout le monde ici, et ça, c'est pas l'œuvre de l'un d'eux.

– Merci, monsieur Von.

– Et pour mon collègue ?

– Pour le moment, il est toujours porté disparu. Si nous avons besoin, on vous recontactera. »

White demande à l'un de ses gars de raccompagner le garde.

Sur les lieux, tout a été fait dans les règles de l'art pour effacer la moindre trace. Au fond de lui, il sait que retrouver des preuves de la présence de Max ou du clochard va devenir compliqué. D'autant plus que, si les informations récoltées durant les dernières séances d'hypnose sont vraies, les corps ont été brûlés dans un vieux hangar impossible à identifier pour l'instant. Aux alentours, les vieilles fermes et vieux dépôts, ce n'est pas ce qu'il manque. Autant chercher une aiguille dans une botte de foin. Quant à la voiture… elle est très certainement déjà réduite en miettes dans l'une des casses de l'État de la Caroline du Nord…

Sortant soudain de ses réflexions, White consulte sa montre :

« Et merde ! il est déjà 17 heures… »

16

Mercredi 18 h 15.

Le docteur boit toute la bouteille d'eau et manque de s'étrangler en avalant de travers. Il lui faut prendre des forces. De mon côté, je n'ai pas soif. Du moins, pas encore. J'ai hâte de repartir. Malgré toutes les horreurs que je découvre sur moi, je veux *savoir*, il n'en sera pas autrement dorénavant. Peu importe comment tout cela va finir, je n'ai qu'une chose en tête : Tina, qui semble s'être évaporée.

Du fond du couloir, j'entends encore et toujours les gémissements de cet homme, qui parfois hurle à la mort de douleur. Je ferme les yeux et reprends ma respiration. Il faut que je reste concentré. Dans mon esprit, rien n'est clair, et si je me laisse prendre par d'autres émotions, je suis foutu.

« Vous vous sentez comment ce soir ?

– Étrange… je ne vous en ai pas encore parlé, mais je n'arrête pas d'avoir une vision qui me revient sans cesse. Et plus encore maintenant qu'au début.

– Dites-moi ?

– Je me vois…

– C'est-à-dire ?

– Je me vois flotter au-dessus de mon corps. Je me vois allongé aux urgences ce soir-là. C'est une sensation très bizarre.

– C'est un rêve que vous faites en ce moment ou c'est un souvenir qui revient ?

– Je ne sais pas, j'ai du mal à le décrire… mais c'est étrange.

– Vous savez… il arrive parfois… »

On entend des pas dans le couloir. Rapides. Déterminés.

« On en parlera plus tard », me dit le docteur en se retournant vers la porte.

« Excusez-moi pour le retard ! »

Je capte immédiatement le regard de White, il voit bien que j'attends des nouvelles.

« O.K… Bon, à la suite de vos révélations, comme je vous l'ai dit, une équipe s'est rendue sur les lieux, et pas mal de traces ont été retrouvées. Je suis allé sur place, et en effet, on sent que des choses se sont passées à cet endroit, et tout laisse à penser qu'il s'agit d'une partie de chasse… Mais rien ne paraît naturel. On sent bien qu'un truc cloche. Dans les bois, on a retrouvé des morceaux de cabane. Les chasseurs du coin ne sont jamais intervenus de ce côté. Pour eux, ce ne sont pas leurs équipes, et tout le monde se connaît, là-bas. Ils ont bien connaissance d'un sans-abri qui vit dans ces bois. Nous n'avons retrouvé aucune trace de lui, hormis quelques débris. Des analyses d'empreintes sont en cours, mais pour le moment, on n'a rien de plus… En tout cas, nos découvertes semblent confirmer vos dires. »

Je préfère ne pas réagir à ses propos. De toute façon, tout est là.

« Et Tina ? Avez-vous des nouvelles d'elle ? Depuis que vous êtes là, vous enquêtez sur mes rêves, mes souvenirs… sur ce que j'ai pu faire… Mais j'ai l'impression que vous ne me dites rien sur Tina ! »

Il ne répond pas. Je m'énerve :

« Mais enfin, dites-moi si je l'ai tuée ! Je veux savoir si je lui ai fait quelque chose ! Vous dites avoir trouvé une batte de base-ball pleine de sang… Mais répondez, bon Dieu ! Au moins, on sera fixé ! Je serai le pire des meurtriers, et vous pourrez faire toute votre enquête et me mettre tout sur le dos… parce que de toute manière, si tel est le cas, la vie, pour moi, n'aura plus d'intérêt ! Alors dites-moi ! »

White tourne la tête vers le docteur… Quelques secondes s'écoulent.

« Mais bon Dieu, arrêtez de vous regarder !

– Calmez-vous, Billy… »

White finit par reprendre la parole, son ton est moins ferme :

« Nous n'avons… trouvé… aucune trace de Tina… Nous enquêtons en parallèle sur sa disparition, mais pour le moment, nous n'avons toujours aucune piste. Et c'est pour ça qu'il faut que le Dr Borg avance dans votre protocole, pour avoir les réponses. Il est nécessaire d'aller le plus rapidement au bout… pour que l'on sache… et que l'on retrouve Tina…

– Je suis d'accord avec le lieutenant White. On avance dans vos souvenirs et les réponses seront bientôt là. Gardez confiance. »

Le docteur me regarde avec empathie, je lui fais signe de la tête que je suis prêt.

« Alors, on y va… je n'en peux plus… »

Les larmes aux yeux, je suis à bout.

… et nous repartons…

*

… tic tac, tic tac, tic tac…

… Boire mon verre et avaler mes cachets ne me dérange plus, enfin, si, mais je ne me pose plus de questions. Une seule chose est importante : avancer. Ne plus perdre une seconde.

Je ne m'attarde ni dans la chambre ni dans la cuisine. De toute manière, mon rêve ne m'en laisse pas le temps. Je me mets au volant de ma voiture. Instinctivement, je roule, mais sans trop savoir où je vais. Je ne comprends pas pourquoi ce n'est plus Tina qui conduit.

« Doc… Tina n'est pas là, et c'est moi qui conduis… pourquoi ? Et je vais où ?

– Laissez-vous guider, n'accordez pas d'importance à votre direction, de toute façon, on sait tous les deux où cela mène. L'essentiel est dans les détails.

– Mais dans mon rêve, je ne conduisais pas, c'était Tina !

– C'est exact. Mais rappelez-vous ce que je vous ai dit : vous revivez vos rêves en étant conscient de la disparition de Tina. Votre esprit récupère une certaine lucidité au fur et à mesure que la vérité se dévoile. Forcément, à votre premier réveil, vous n'aviez conscience de rien. Là, c'est différent. Vous savez que Tina a disparu, et donc, votre subconscient travaille différemment. Il ne la matérialise plus comme au début, et il vous a substitué à elle.

– Ouais… c'est étrange, ça… »

Un « ouais » qui en dit long et s'apparente plus à un « pffff », car, une fois de plus, je n'ai rien compris. Mais je lui fais confiance.

J'allume le poste radio. J'entends Chris Isaak, et j'ai un sourire. Tina adore cette musique. Et d'un seul coup, sans savoir pourquoi, moi aussi. Elle me transcende. Elle me berce. Je repasse par les quelques routes que nous avons empruntées. La chanson déroule tranquillement ses accords et je regarde le paysage en même temps. J'aperçois ce gars qui nettoie sa voiture. Il est encore là, il n'a pas bougé, il la brosse comme jamais. Un joli coupé Z4.

« Un Z4 ! Oh ! bon sang ! Doc, c'est la voiture que Richard… ATTENTION ! »

*

Puis c'est le noir complet. Pendant quelques secondes, j'en ai presque oublié cet instant, le moment fatidique de l'accident. Il fait toujours noir. Je ne sais pas où je suis.

Puis j'entends comme un murmure, une petite voix douce qui se fait de plus en plus forte. Comme un appel… j'ai du mal à le percevoir…

« Billy ?

– Oui… C'est qui ?

– Billy ?

– Oui… je suis là…

– Billy ? Billy ? Billy !!

– Quoi… quoi ?

– Billy, c'est moi, c'est le docteur ! Vous allez bien ?

– Ben oui, ça va… Pourquoi ? Vous m'avez fait peur !

– Billy, j'ai eu peur moi aussi, je vous avais perdu. Lorsque vous avez vécu de nouveau votre accident, vous êtes parti. Je ne vous contrôlais plus. Je ne pense pas que nous devrions revivre cette scène de votre rêve.

– Mais, Doc, ça va !

– Non, Billy. Regardez votre tension, et regardez votre fréquence cardiaque sur le portatif. »

Je tourne la tête et vois « 145 ».

« La vache ! Je ne m'en rends même pas compte… 145 pulsations par minute…

– C'est bien ça, le problème. Il va falloir que l'on fasse attention…

– Ne vous inquiétez pas, Doc, j'ai l'habitude d'avoir un cœur qui s'accélère, je suis un ancien joueur de football !

– Hmmm… »

Le docteur n'est pas aussi enthousiaste que moi.

« Mais, Doc, c'est bon, j'ai le souvenir !

– Ah bon ?

– Oui… la musique et la voiture… Emmenez-moi au cinéma ! »

Ça se voit, le docteur est méfiant. C'est vrai que j'ai vécu de nouveau l'accident. Mais au vu de ce que nous vivons tous les deux depuis le début, il n'y a pas de quoi s'inquiéter, et j'ai du mal à saisir sa brusque réticence. Personnellement, je ne me pose plus de questions.

White intervient :

« Puisqu'il vous dit que c'est bon… »

Borg secoue la tête. Mais il obtempère.

*

Je roule dans un coupé Z4. Tina est à côté de moi. Nous remontons Street Avenue. Je me vois plutôt confiant. Tina paraît inquiète. La musique est sympa. L'image d'un couple pour qui tout va bien… Enfin, presque…

*

« C'est moi ou, quand je te regarde, j'ai l'impression que t'es content de ta nouvelle voiture ? ironise Tina.

– Pourquoi tu dis ça ?

– Je ne sais pas… t'es là avec ta musique, les cheveux au vent, tout fier dans ta nouvelle caisse… Je ne sais pas… moi, elle me donne envie de gerber, cette BMW !

– Non, ce n'est pas ça… C'est juste que je suis bien.

– T'es bien ? Tu sais où on va, là ?

– Oui, Tina, je sais. On est à trois jours du match, et on va voir Richard pour ses dernières consignes. Et on fera ce qu'il nous demandera.

– Et ?

– Et quoi, Tina ? Tu veux que je te dise quoi, hein ? Qu'on a le choix ? Non ! Alors, je m'exécute. Tu crois quoi ? Que je n'ai aucun remords, que je dors bien ? Parce que quand même, je risque de faire quelque chose d'immoral pour mon équipe, pour mon sport que j'adore, avec le risque de tout perdre… Ben, je ne me pose plus de questions. Et tu devrais en faire autant.

– Tu sais, Billy, j'aimerais avoir cette vision enfantine, au premier degré, que tu as. Imaginer qu'après ça, tout sera fini. Qu'on pourra respirer et que tout reviendra comme avant. Mais, Billy, vu ce que nous avons fait, rien n'est déjà plus comme avant… Tu crois réellement que Richard va nous laisser tranquilles ?

– Il l'a dit…

– Mais, Billy, grandis un peu ! Tu as vu ce mec ? Il a descendu un garde forestier de sang-froid… Alors, qu'est-ce que tu crois ? Que pour un petit footballeur et sa femme, il va avoir des scrupules ? Imagine que son truc foire ou que l'on se fasse pincer ? Il ne voudra sûrement pas que ça remonte jusqu'à lui ou à son syndicat ! Parce que si on se fait choper, Billy, tu penses qu'on ne parlera pas ? Ou tu penses que Richard va croire qu'on ne parlera pas ? »

Billy se gare sur le bas-côté.

« Mais t'es en train de me dire quoi, là ?

– Qu'on est fait comme des rats, Billy ! Ça fait plusieurs jours que je tourne tout ça dans ma tête… et on est foutus. Toi, dans les journaux, tu es le sale gosse du football : soirées alcoolisées, t'es sous cachets, tu claques tout ton fric… Billy, tu crois que je ne le sais pas ? Je t'ai toujours laissé faire parce que tu gagnes beaucoup d'argent… mais tu dilapides tout dans les jeux avec tes potes ! J'ai vu les comptes en banque… on a des dettes, Billy…

– Je vais me refaire… avec les primes de match et les sponsors.

– Billy, je le sais ça, l'argent rentre vite… mais il repart aussi vite… Et justement, avec tes dettes et ton image, qu'est-ce qui empêchera Richard de te faire porter le chapeau ? T'es le pigeon parfait, Billy. Car je me suis renseignée, aussi. Ces fameux paris sont scrutés. Et si ça fonctionne et qu'il remporte cette somme d'argent, une fois qu'ils auront transféré leur pognon, ils disparaîtront de la planète… Ils seront blancs comme neige. Mais pas nous, Billy. Les enquêtes sur les jeux et paris se font toujours après, une fois que les grosses sommes sont gagnées. Comme l'a dit Richard – et il nous a dit la vérité –, ces banques ne contrôlent pas les parieurs au moment des mises, elles se contentent d'encaisser l'argent… Il y a toujours eu des gros riches qui parient à tout-va. Mais quand une immense somme est gagnée, là, ils épluchent tout. Et par qui ça commence ? Par Mme Thomson ! Alors, même si je brûle ce passeport après, ils auront des photos, des vidéos… Et combien de temps ils mettront pour faire le lien avec moi, avec toi ? Hein ? Tu crois que Richard va attendre dix ans pour retirer le fric et se barrer ? Il disparaîtra de la planète une fois le transfert effectué… Et on sera foutus, parce qu'on sera seuls, Billy… »

Il ne dit rien. Il semble prendre conscience qu'ils sont probablement dans une impasse. Tina prend son visage entre ses mains.

« Billy, écoute-moi, mon amour… J'ai peur, moi aussi… »

Ils se regardent dans les yeux.

« T'as toujours été le cerveau pour nous deux, ma chérie…

– Et toi, notre force, Billy… Je ne sais pas ce que va te demander Richard, ni à combien sera la cote, ni le montant de la somme investie. Mais clairement, si le chiffre à la fin devient gigantesque… et que le pari est basé sur une de tes actions… on va se faire baiser !

– On fait quoi, alors ?

– Je ne sais pas encore… Mais on ne pourra pas vivre comme si de rien n'était… Mince, il est quelle heure ?

– 14 h 15… On va être en retard…

– Oui, il faut y aller, et on verra bien ce que nous propose ton Richard…

– Je t'aime, mon amour.

– Moi aussi, Billy…

– Je t'abandonnerai jamais. »

Ils se serrent dans les bras aussi fort qu'ils le peuvent.

« En route vers l'enfer ! »

Billy a tenté de faire une dernière pointe d'humour, mais visiblement, la sauce n'a pas pris.

Ils roulent encore un bon quart d'heure et finissent par arriver devant le café dans lequel Richard leur a donné rendez-vous.

« Billy ! Tina ! lance ce dernier en les voyant. Venez vous asseoir, j'ai commandé à boire. »

Le couple s'installe. Ils ne bougent pas, figés comme deux idiots à attendre le verdict. Leur mal-être est presque palpable.

« Alors, Billy ? En forme, au pied de cette sublime finale ?

– Je me sens pas trop dans mes baskets, en fait…

– C'est normal, Billy. Tu verras, quand tout sera fini, tout ira bien, hein, Tina ? Tout sera terminé, comme on s'est dit…

– Si tu le dis, Richard… »

Tina ne montre aucune émotion.

« Bon passons aux choses sérieuses… »

Richard sort discrètement un sac. Il en tire d'abord un passeport.

« Tina, voici ta nouvelle identité : tu es désormais madame Maria Thomson. »

Elle prend le passeport en main et regarde sa photo. On la sent mal à l'aise de voir son visage sous une autre identité, comme si elle n'existait plus en tant qu'elle-même.

« Tu as bien appris tout ce que tu devais savoir sur Maria, Tina ?

– T'inquiète, Richard, j'en sais suffisamment pour qu'ils prennent l'argent sans se poser de questions.

– Parfait ! Comme je le pensais, dans le couple, c'est toi le cerveau… Allez, Billy, ne fais pas cette tête !

– J'attends de savoir ce que tu vas me demander de faire…

– Alors, mon petit Billy, avec le syndicat, on a décidé de changer un peu la donne. Au départ, on voulait un simple pari, comme d'habitude, mais on a vu la chose autrement… On va faire une combinaison de trois paris…

– Quoi ?! Rien que ça ! Mais, Richard, bordel, comment tu veux que je te garantisse tout ça ? T'es un malade ! Comment tu peux prédire que l'on va gagner ? C'est une finale… c'est impossible !

– Calme-toi, Billy, calme-toi… C'est sûr que si on demande ça à une seule personne, ça ne marchera pas…

– Comment ça ?

– Tu vois, Billy, un match de foot, c'est comme une pièce de théâtre : tu as un décor, une foule, un spectacle, et des acteurs… qui jouent la comédie… »

Richard capte dans le regard de Billy qu'il n'a toujours pas compris.

« Mon petit Billy, tu ne seras pas seul pour réussir tout ça, je te rassure. Le syndicat a graissé la patte de quelques défenseurs pour te laisser passer dans tes percées. Et de l'autre côté, Jimmy sait ce qu'il a à faire et à quel moment il devra te donner le ballon pour marquer le bon nombre de *touchdowns* en fonction des jeux.

– Les défenseurs adverses ? Vous leur donnez des enveloppes ? s'étonne Billy.

– Le pire, mon petit Billy, c'est que c'est légal ! T'as jamais fait gaffe ?

– Non…

– Mon pauvre Billy, on croirait que tu débarques… Les primes de match… tu ne t'es jamais posé la question de savoir pourquoi elles étaient différentes en fonction des joueurs ?

– Elles varient en fonction des résultats, de l'ancienneté des joueurs, de leurs postes et de leurs contrats pub, de leur notoriété…

– C'est du pipeau, ça, Billy ! La fédération se cache derrière ça pour donner une explication, ou des excuses, pour faire varier les primes de match d'un joueur à l'autre. C'est bidon ! On s'en sert pour payer les joueurs pour leurs services rendus.

– Mais à tous les matchs, on voit des primes différentes…

– T'as pas compris ? l'interrompt Tina en le regardant. Ce qu'il essaye de te dire, c'est que la plupart des matchs sont truqués pour satisfaire des paris… hein, Richard ? C'est ça ?

– Attention, Tina, les paris que nous faisons ne sont pas tous de la même importance que celui que nous plaçons sur Billy. Nous ne trafiquons pas tous les résultats, nous influons seulement plus ou moins sur des actions types à des moments précis… Parfois, ce sont des broutilles, mais qui permettent de rapporter un peu.

– Mais vous pariez sur tous les matchs ?

– C'est ça, on gagne un peu, mais tout le temps… Mais il ne faut pas cracher dans la soupe, Billy, car c'est avec cet argent que le syndicat assure les arrières des joueurs… »

Richard hausse le ton :

« Car, mon cher Billy, le monde des footballeurs fait que ce ne sont pas tous des crèmes. Nous leur demandons de courir, de percuter, de se fracasser, d'attraper ces putains de ballons… et c'est tout ! On ne leur demande rien d'autre, et surtout pas de réfléchir. Et c'est ce qu'ils font. En contrepartie, nous, on les couvre de toutes les conneries que ces gars-là peuvent faire… N'est-ce pas, Billy ? Tu sais de quoi je parle…

– Et Jimmy, dans tout ça ?

– Jimmy nous doit beaucoup… Le syndicat l'a sorti de la merde à plusieurs reprises.

– Et il continue ses conneries ! réplique Tina. Boire, fumer… car grâce à vous, il se sent intouchable ! Jusqu'au jour où…

– Il profite de la vie, tout simplement…

– Vous le tenez et il le sait… alors, vous profitez de lui.

– Jimmy n'est pas le sujet, mais pour cette finale, il fera ce qu'on lui demande. Quant à toi, Tina, voici l'argent. »

Richard fait glisser le sac avec son pied. Tina se penche pour le récupérer.

« Non ! »

Elle s'arrête dans son élan.

« Pas tout de suite, tu le prendras en partant. Il y a 25 000 dollars en liquide.

– Mais… de combien est la cote ?

– La cote combinée que tu devras jouer est la suivante : code 913, victoire des Panthers à moins 5 points, la cote est de 5 contre 1 ; code 624, le joueur Billy Wake marque 3 *touchdowns* dans le match, la cote est de 8 contre 1 ; code 321, le joueur Billy Wake est le dernier joueur à marquer un *touchdown*, la cote est de 5 contre 1.

– Mais, ça donne une cote totale de 200 contre 1 ! »

Billy et Tina sont sidérés.

« C'est ça, vous avez tout compris… 200 contre 1 sur une mise de 25 000 dollars.

– Soit un gain de… »

Tina réfléchit quelques secondes.

« … 5 millions de dollars ! Nom de Dieu ! On va se faire pincer, Richard, ce n'est pas possible !

– Mais nonnnnnn, t'inquiète pas… Tu sais comment ça marche. Les banques proposent différents paris simples et certaines combinaisons pour gonfler les cotes. Ça appâte et fait augmenter le nombre de parieurs. Et plus il y a de parieurs, plus les cotes montent. Lorsque nous gagnerons ces 5 millions de dollars, la banque, elle, en aura encaissé dix fois plus ! Plus de dix millions de personnes jouent et parient sur les jeux. Là, c'est une finale qui est retransmise à la télévision, avec des pubs, sponsors… Qu'est-ce que vous croyez ?

– Mais personne ne gagne jamais autant d'argent ! Beaucoup gagnent, mais un peu ! C'est comme ça que ça fonctionne… Même si les banques vont gagner beaucoup, on sera visibles comme une pustule au milieu du front ! »

Tina se prend la tête entre les mains.

« On est foutus, Richard… Tu le sais, tu nous envoies dans le mur…

– Lorsque le match sera fini, l'argent sera automatiquement viré sur le compte indiqué, et…

– … Et dans la foulée, tu vas faire des virements sur des comptes offshores, et l'argent va disparaître dans la nature… c'est ça ? demande Tina.

– La banque et le contrôle des jeux n'auront même pas le temps de s'en rendre compte. Ils ne sauront pas où est parti l'argent. Il aura été totalement dilué…

– Et les coupables seront Billy et moi…

– La coupable sera Maria Thomson… ou… »

Richard sort de l'intérieur de sa veste un passeport et l'ouvre :

« Mickael Thomson… Eh oui, nous serons mari et femme quelques jours, ma petite Tina ! Le compte identifié ne peut pas être qu'à ton nom, sinon, je ne pourrais rien récupérer… »

Richard tire un petit bout de papier d'une fente faite dans la couverture de son faux passeport, où sont inscrits la dénomination des comptes et leurs codes, tous aux noms de Maria et Mickael Thomson.

« Donc, même s'ils remontaient à l'origine du pari, chose qui n'arrivera pas, il n'y aura aucune trace de cet argent. »

Richard se met à rire connement, comme d'habitude.

« Mon cul ! Ils nous retrouveront… »

Visiblement, avec son sourire de gros dégueulasse, Richard sait ce qu'il fait. De Tina et Billy, il n'en a rien à foutre, il veut seulement empocher son pognon.

« T'es qu'une merde, Richard ! balance soudain Billy.

– J'en ai rien à branler de ce que tu penses, Billy, mais la merde que tu vois en face de toi, elle utilise ce pognon pour sauver tes miches et celles de tes potes, y compris celles de ta femme, pour vous éviter d'aller en taule. Donc, tu vas fermer ta gueule et ne pas me manquer de respect… »

Richard regarde Tina.

« Et toi, écoute-moi bien : arrête de te poser des questions. Quand je te dis que les contrôles des jeux ne remonteront pas jusqu'à nous, c'est que je m'en suis assuré… t'as compris ?

– Vous leur graissez la patte à eux aussi, c'est ça ? »

Richard pouffe.

« Allez, je vous laisse, les tourtereaux… mais je confirme : des deux, c'est bien toi la tête, Tina. »

Muets, figés, ils regardent Richard s'en aller comme si de rien n'était. Les mains dans les poches de son pantalon, il sifflote tranquillement.

Soudain, il fait demi-tour et revient vers eux. Mais il s'arrête à une dizaine de mètres de leur table et fait un grand signe de la main en direction de Billy pour qu'il le rejoigne.

Ce dernier, pas certain que ce geste soit pour lui, hésite. Mais Richard insiste lourdement. Billy se lève.

« Tu vas où ? demande Tina.

– Voir Richard, il m'appelle.

– Je viens avec toi !

– Non ! C'est bon, j'y vais seul, attends-moi là. »

Tina est surprise de la réaction de Billy. Lui et Richard se mettent à discuter doucement. Tina tente d'écouter, mais ils sont trop loin pour qu'elle puisse entendre. Billy tourne le dos à Tina et Richard a l'air de lui tendre quelque chose. La discussion ne dure pas plus longtemps et, juste avant de partir, Richard lui donne une grande claque sur l'épaule : « T'es un bon gars, tu vas y arriver. »

Billy revient s'asseoir à la table, à côté de Tina.

« Qu'est-ce qu'il te voulait ?

– Rien… répond-il, de marbre.

– Rien ?! Le mec fait demi-tour, t'appelle pour te parler seul, et il ne te voulait rien ? Billy, tu te fous de moi ! »

Il se tourne vers elle et la regarde dans les yeux.

« Non, je te jure, rien… Il m'a juste redonné des consignes pour le jour du match, et m'a répété de ne pas avoir peur ni de doutes, et qu'après ça… tout serait terminé. »

Tina, discrètement, finit par ouvrir le sac et voit une quantité impressionnante de billets.

« Bordel ! » lâche-t-elle.

Billy penche lui aussi la tête pour regarder à l'intérieur.

« On va faire quoi ? » dit-elle, le regard dans le vide.

Billy ne répond pas.

« Billy ? Billy ? »

Il se tourne de nouveau vers Tina.

« Je vais le faire, on n'a pas de questions à se poser.

– Tu te doutes bien que ce fric est celui de Richard, et non du syndicat ! balance Tina tout en le regardant droit dans les yeux.

– T'en es sûre ?

– Je ne sais pas, Billy… mais je pense que Richard veut se faire un max de pognon sur ta tête, qu'il profite de toi. Le syndicat ne prendrait pas un tel risque avec une telle somme d'argent. Richard veut le pactole pour lui tout seul. C'est pour ça que je ne le sens pas… »

Elle a parlé tout doucement. Son inquiétude semble être monté d'un cran.

« Allez, viens, Billy, ne restons pas là… »

17

Tout en buvant de l'eau, je tente d'entendre la conversation de White au téléphone. Depuis mes dernières révélations, il essaye de savoir ce qu'il en est de cette histoire de pari. Je le vois faire les cent pas dans le couloir, et à sa gestuelle, on devine qu'il n'a encore aucune information.

Je transpire à grosses gouttes. Le docteur profite de cette pause pour récupérer un peu.

Les gémissements du malade sont permanents, imprégnés d'une douleur indescriptible difficile à ignorer.

« Doc ?

– Oui, Billy ?

– Je repense au début de mon rêve et à cette lettre glissée sous ma porte… et vous savez ce que je me dis ? Qu'il se pourrait que ça soit en rapport avec l'argent et le pari, et pas avec l'accident et la mort du clochard et du garde forestier…

– Je ne sais pas, Billy, je ne peux pas vous dire ça actuellement. Il vous manque encore des informations sur la vérité. »

Tout à coup, la réalité me rattrape et je repense aux taches de sang retrouvées dans la chambre… et je passe en mode panique :

« Je suis sûr que c'est en lien avec le sang. Et que c'est celui de Tina, et que je vais m'apercevoir que c'est moi qui… et que… »

Ma tension monte en flèche.

« Billy ! Billy ! Calmez-vous ! Mais calmez-vous ! »

Je peux entendre mes pulsations s'accélérer sur le moniteur auquel je suis relié. Le flic revient, lui aussi perturbé par ma subite réaction. Je respire fort, trop fort. J'ai du mal à reprendre le contrôle. Le docteur essaye de me canaliser à l'aide de sa voix :

« Billy, regardez-moi et écoutez-moi…

– Qu'est-ce qu'il a ? s'inquiète White.

– Je ne sais pas… il vient de s'emballer tout seul.

– Docteur ! insiste le lieutenant. Il faut que toutes ces conneries s'arrêtent ! »

Le Dr Borg l'ignore.

« Billy, Billy, concentrez-vous sur ma voix !… »

Les bips ne cessent de se succéder frénétiquement, mais je n'écoute plus, je n'entends plus rien. Le stress m'a envahi en à peine quelques secondes sans que je sache pourquoi.

« Appelez une infirmière, qu'elle lui donne une dose ! Allez ! Vite ! »

… Quelques minutes plus tard, une aide-soignante arrive avec une seringue, et spontanément, comme un réflexe de survie, je mets ma main en avant pour lui dire non. Je tente de reculer sur mon lit. Ma lucidité revient petit à petit, et je ne veux pas de cette piqûre. Il faut que je me calme seul. Accepter cette injection, ce serait retarder la révélation de la vérité. Je reprends peu à peu mes esprits en bafouillant, et je leur fais comprendre que je suis en train de récupérer.

Ma respiration est courte, saccadée ; j'ai toujours une main en l'air, en direction de l'infirmière, et l'autre sur la poitrine. Je ferme les yeux et essaye de ralentir mon rythme cardiaque. J'y parviens, il redescend lentement.

« Voilà, c'est ça, Billy, respirez… » m'encourage le docteur.

Doucement, je reprends le contrôle. Je suis parti en cacahuète, et je ne sais pas pourquoi.

Le flic et l'infirmière me regardent bizarrement.

Il me faut encore un long moment pour revenir à mon état initial.

« Doc, pourquoi je me suis emballé d'un coup et, surtout, de cette manière ?

– Je ne sais pas.

– J'avais la sensation qu'un grand coup de stress arrivait, une montée d'adrénaline à l'approche de quelque chose. Vous croyez que c'est par rapport à Tina ?

– Dans vos souvenirs, on est à trois jours du match, probablement que vous êtes au pied de tous ces événements… et que dans votre inconscient, vous avez eu une réaction.

– Mais ce match a eu lieu il y a un sacré moment ! Il ne peut pas y avoir de lien avec la disparition de Tina !

– Ça c'est ce que vous aimeriez croire ! » rétorque le lieutenant.

Il vient de jeter un froid. Le docteur se tourne vers lui :

« Écoutez, pour le moment, dans cet hôpital, c'est encore moi qui mène la barque. Quand ce sera l'heure, je vous laisserai la main. On est d'accord ?

– On est d'accord, mais le temps vous est compté, c'est ce que nous avions convenu !

– Je suis sûr que nous allons décortiquer tout ça rapidement, hein, Billy ? »

Le docteur et le lieutenant s'isolent dans le couloir. Je les observe se chamailler, un peu comme deux gosses. « … c'est ce que nous avions convenu. » De quel accord a voulu parler le flic ? Je sens ce dernier agacé de ne pas avoir suffisamment de réponses, que ce soit sur le pari, les taches de sang, la disparition de Tina… Quant à moi, je suis monté dans les tours sans savoir pourquoi… à moins que l'angoisse de ne pas savoir où se trouve Tina et l'intérêt quasi obsessionnel que je porte à ces taches de sang dans la chambre ne m'aient fait réaliser que… Et si c'était bien moi qui l'avais… ?

Un grand frisson me parcourt le corps.

Je ferme les yeux et me concentre. Il faut absolument que je me reprenne.

*

« J'en ai ras le bol de vos conneries, on perd trop de temps !

– Vous m'avez donné trois jours…

– Je ne peux rien prouver pour le moment, car c'est un vrai bordel sur Grassy Island Road ! D'autant que ce ne sont pas des aveux, mais des souvenirs issus d'un protocole d'hypnose ; autant vous dire que ça ne passera jamais devant un tribunal… Mais dans notre cas, on est sur des suspicions d'homicide involontaire, délit de fuite, complicité de meurtre… et j'en passe ! Vous n'avez aucune idée de ce que l'on a trouvé dans la maison !

– Vous connaissez son état aussi bien que moi.

– Sale état ou pas, vous n'aurez plus le choix ! »

Le téléphone de White sonne :

« White, j'écoute… oui… oui… O.K., parfait, merci ! »

Le lieutenant regarde le docteur :

« Fin du bal… J'ai eu le retour des analyses de sang retrouvé dans la maison. Tout est confirmé. On n'attend pas demain ! »

Le Dr Borg ferme les yeux, résigné.

*

On a laissé passer au moins une heure, avec le docteur, avant de décider de « repartir ». Nous devons revenir dans le rêve pour savoir où nous en sommes dans la chronologie de mes souvenirs.

Allongé sur le lit, je caresse les bandes serrées sur ma poitrine. Il y a une ambiance glaciale dans la pièce.

Tout comme White, Borg semble très tendu. De mon côté, je ne peux m'empêcher de me demander si je vais pouvoir supporter la vérité ?

Je fixe le pendule du docteur, j'écoute sa voix. Tout n'est plus qu'une simple formalité pour me transporter d'un monde à l'autre…

*

Et j'ouvre les yeux. Le plafond de ma chambre n'a pas changé… Mais j'ai une étrange sensation… Quelque chose semble différent… Je me redresse et m'assois au bord du lit.

Avec les pieds, je fais glisser les journaux comme pour essayer de lire les articles. Je distingue les en-têtes, qui parlent de moi. J'en écarte un pour voir la date et les titres en entier…

« Billy ! »

Je sursaute, surpris. C'est le docteur.

« Oui, Doc, je suis là.

– Je suis content de vous entendre, ça faisait plus de cinq minutes que vous ne parliez pas…

– Ah bon ? J'ai pourtant l'impression de n'être là que depuis quelques secondes… Bref… allez, c'est parti. »

Avant de me lever, j'avale les cachets avec le whisky et jette la boîte. En la regardant de plus près, je la trouve différente. Je veux la prendre, mais mon rêve me force à me lever.

« *Hey*, Doc… c'est bizarre… j'ai l'impression que des choses changent, ou… je ne sais pas… il se passe un truc, j'ai des sensations différentes…

– Je vous l'ai dit, au fil des révélations, votre rêve va s'adapter et faire apparaître ou disparaître des détails. Votre subconscient fait le tri entre réalité et fiction, et votre rêve a tendance à se rapprocher de la vérité, donc, les choses apparaissent telles qu'elles étaient réellement.

– Ouais, je suis d'accord, mon rêve avance de la même manière, mais… je n'ai pas le temps de vérifier les changements ! Je ne sais pas pourquoi, mais il y a un truc avec cette boîte de médicaments, je veux la voir, mais je n'y arrive pas, il faut que je me lève et que j'aille dans la salle de bains…

– Oui, comme je vous ai dit, c'est le cours de votre rêve, il doit avancer, mais le décor, lui, est amené à évoluer en fonction des vérités que vous découvrez.

– O.K., je comprends tout ça, mais il y a un truc avec cette boîte de médocs, je vous dis ! »

J'avance, tel un robot téléguidé, vers la salle de bains. Je tourne la tête pour tenter de voir le nom du médoc sur la boîte… mais impossible de le lire !

Soudain, sur le sol, je sens de nouveau cet aspect granuleux.

Mais, qu'est-ce que… Je soulève mes pieds et aperçois ces minuscules graviers blancs. Ils ont refait surface…

« Doc, c'est bizarre ça aussi : pourquoi je marche sur ces espèces de… je ne sais pas quoi… alors que ça… Doc ? Doc ? »

Le docteur ne me répond plus. Comme si, soudain, un vide profond s'était ancré dans mon rêve. Il n'y a plus un bruit, l'ambiance est pesante. Je n'entends que ma respiration. Je me sens dans un état second. Il se passe un truc.

Je continue mon modeste chemin jusqu'à la salle de bains. Pieds nus sur le carrelage, je sens quelque chose : c'est étrange… En regardant au sol, je vois que je laisse des traces. Je tente d'allumer, mais l'interrupteur ne fonctionne pas.

« Mais c'est quoi encore, ce bordel ?! Il se passe quoi, maintenant ? »

Je recommence à paniquer. Ne voyant rien, je sors de la salle de bains.

« Doooocccc ? Doooccccc ! Putain, répondez ! »

Mais personne. Ma respiration et mes battements de cœur s'emballent, ce silence m'angoisse… Comme un compte à rebours, je commence à entendre les tic-tac de mon réveil qui résonnent au milieu de cette pièce, de plus en plus fort… Soudain, l'aiguille se bloque. Je fronce les yeux pour lire l'heure : 22 h 05.

Puis c'est l'électrochoc… Mon réveil se met en mode radio et une musique emplit la pièce. Cet air entraînant, je le connais parfaitement, une pure pulsion d'adrénaline. La voix, le rythme, c'est magique : ce son de guitare déferle dans mes oreilles, traverse mon corps tout entier… Je suis en transe.

Il est 22 h 05 et, sans m'en rendre compte, et sans l'aide du docteur, je ferme les yeux.

*

Lorsque je soulève mes paupières, je suis assis dans mon fauteuil rouge, et je vois de nouveau le film de mes souvenirs en face de moi. La musique ne s'est pas arrêtée, bien au contraire, elle résonne dans toute la salle de cinéma. Dans tout mon corps.

C'est comme si j'y étais, comme si je pouvais ressentir toute cette adrénaline. Il est 22 h 05, il reste 30 secondes, et AC/DC nous transporte !

*

« Écoutez-moi ! C'est maintenant ou jamais ! On ne va pas se dégonfler ! On va se la jouer comme ça ! »

Billy lève légèrement la tête et regarde le public. Il entend cette musique qui les transcende tous.

« ... *You've been Thunderstruck...*»

Le son de cette guitare résonne à fond et la foule est hystérique… et eux aussi. Billy retire son casque et gonfle ses poumons. Il n'arrive plus à se concentrer. Il n'écoute plus rien.

« O.K., les gars, on part là-dessus ! Billy… c'est bon, c'est bon pour toi ? Billy ? BILLY !!! »

Jimmy le saisit brusquement par le bras.

« Putain, Billy, t'as entendu ce que je viens de te dire ?!

– Oui… Oui !

– Billy, on se la joue en 39-24… C'est bon ? »

La musique et le bruit de la foule lui broient le crâne. Il acquiesce d'un signe de la tête pour dire que tout est O.K.

« Allez ! On y va, c'est maintenant, les gars !! »

Billy remet son casque et Tommy, juste avant de se séparer, lui tape dessus. Comme d'habitude, leurs coutumes de bourrins. Ils se redressent de leur cercle de confiance et vont se positionner.

Le refrain d'AC/DC est à son apogée. Tous sont galvanisés et gonflés à bloc, dopés à la testostérone.

30 secondes...

35 yards… C'est tout ce qu'il reste. C'est tout ce qu'il *leur* reste…

Billy inspire profondément, plusieurs fois. Sous sa visière, il a la sensation d'étouffer.

Ils se mettent en place. Billy regarde à gauche, puis à droite. Il connaît ce moment-là : on entend la foule hurler, l'adrénaline circule dans le corps comme le sang dans les veines. Mais aujourd'hui n'est pas un jour comme les autres. Il a chaud, son plastron le serre trop. Il essaie de le desserrer en passant sa main dans son cou.

Trente secondes pour changer sa vie.

Il recule de 5 yards et se positionne sur la ligne des 40. Après plus de trois heures de jeu, ses muscles sont saturés d'acide lactique et la combinaison tourne en boucle dans sa tête. Il l'a répétée maintes et maintes fois. Il la connaît par cœur. Il entend le premier appel…

« Trente-neuuuuff ! »

Jimmy a hurlé pour se faire entendre.

Billy souffle un bon coup tout en fermant les yeux afin de faire le vide dans son esprit.

Devant Jimmy se tiennent Ted Michigan et Harry Lucas, deux golgoths prêts à le choper et à le plier en deux.

Billy souffle…

« Vingt-quatre ! »

C'est le deuxième appel de Jimmy.

Son pouls s'accélère, sa respiration se fait de plus en plus forte. Il se fléchit légèrement. Ses appuis sont fermes. Il est prêt à partir. Il relève un peu la tête et jette un coup d'œil à la foule.

« … Panthers ! Panthers ! Panthers !… »

Elle est en transe.

Il ferme de nouveau les yeux et se concentre, plus rien ne sera comme avant. Son cœur bat de plus en plus vite. Il ne reste plus que quelques fractions de seconde avant le dernier acte.

« … Panthers ! Panthers ! Panthers !… »

Il transpire. Il prend une immense inspiration et retrouve ses esprits.

Il ouvre les yeux.

« Trente-neuuuuufffff ! »

Dernier appel…

Il penche son corps en avant, prêt à bondir, prêt à partir.

« Gooooo ! »

*

Je revis cette dernière scène du match comme si j'y étais. Mais pas tant que ça. J'ai cette sensation de déjà-vu, mais je sens aussi qu'il me manque quelque chose. Du moins, que quelque chose ne va pas. La vision que me donne ce film de ma vie, celle de Billy, n'est pas comme les autres souvenirs. Je n'arrive pas à ressentir les mêmes émotions que lors des autres scènes. Pourquoi ?

Je tente d'appeler le docteur, mais en vain. Comme si ce dernier avait complètement disparu du protocole… je n'arrive plus à le matérialiser…

Quelque chose ne va pas, et ce n'est pas comme les autres fois. Je regarde le film de mes propres souvenirs comme un vulgaire spectateur : sans aucune émotion.

*

28 secondes…

Jimmy a reculé de 3 yards et feinte. Billy voit son bras droit se tendre dans sa direction. Il se dirige vers lui en essayant de se camoufler derrière. Il se saisit du ballon. Avec sa main, il le bloque sous ses côtes.

Puis il feinte à gauche et part à droite.

26 secondes…

33 yards. Ses deux gardes, Mick et Tod, se placent devant lui et lui font le couloir. Il perce derrière eux.

28 yards. Ils se mettent en opposition face aux numéros 84 et 88. Billy accélère et transperce la défense. Il a juste le temps d'entendre Mick crier sous

l'écrasement de ce numéro 84. Il a du mal à respirer. Il n'a plus de forces.

20 secondes...

25 yards. Sur sa gauche, Nolan se sacrifie devant le numéro 25 de l'équipe des Eagles. Sous le choc, Billy entend le bruit sourd du craquement de ses épaulières.

Soudain, à droite, il voit un défenseur ! Il fait comme un saut de haies, esquive ses mains. Il se rattrape comme il peut et reprend sa course.

*

Il fait sombre, la porte d'entrée s'ouvre et il faut quelques secondes avant de la voir sortir. Toute tremblante, elle hésite. Elle finit par faire un pas après l'autre et mettre le pied dehors... Apeurée au milieu de cette nuit, elle regarde partout. Son visage est dégoulinant de sang. Tel un zombie, Tina avance en direction de son véhicule. Elle est terrifiée, horrifiée. À chaque pas, on peut entendre de légers gémissements de peur, de dégoût, de douleur. Chacun de ses mouvements est orchestré par des spasmes. Titubant jusqu'à la portière, elle grimpe dans sa voiture.

*

« Doc ! Dooooc !! Y a deux écrans maintenant ! Je me vois pendant la finale du match et sur l'autre je vois Tina ! Doooc ! Elle est là ! Je peux la voir !... »

Toujours pas de réponse du docteur...

« Doooooccc ! je vois Tina, bordel ! Elle est pleine de sang ! Qu'est-ce qu'elle a ? Qu'est-ce qui se passe ? Doooooccc ! Vous êtes là ? Vous m'entendez ?... »

Debout sur mon fauteuil, je me prends la tête entre les mains. Je hurle comme ce n'est pas permis, mais je n'obtiens aucune réponse à mes appels.

Voir Tina dans un tel état me fait totalement perdre les pédales. Je piétine mon siège et fais de grands gestes comme si je pouvais intervenir dans le film ; je veux tellement aider Tina !

Les larmes aux yeux, mon regard passe d'un écran à l'autre, alternant entre la dernière action du match et la découverte effroyable de Tina dans un état catastrophique…

*

15 secondes…

21 yards. Billy est lancé, il tente d'accélérer. Il n'a plus personne devant lui. Par instinct, il sourit. Le champ est libre.

*

Tina, les mains sur le volant, n'ose plus bouger. Elle tressaille, comme frigorifiée. Puis, en tremblant, elle met le contact et la voiture démarre. Son regard croise le miroir de courtoisie : nez cassé, lèvres fendues, un œil fermé et gonflé, des griffures de partout. Avec ses doigts, elle touche sa joue salie de sang. Elle s'effondre et se met à hurler…

*

« Tinaaaaaa !!… »

Je continue à m'égosiller comme un damné dans cette salle de cinéma où personne ne semble m'entendre.

« Doooooocc ?! S'il vous plaît, répondez !!! »

Mais rien ne se passe, absolument rien… si ce n'est ce double film déroulant les ultimes secondes du match et cette scène atroce de Tina le visage recouvert de sang.

*

13 secondes…

Billy entend de nouveau la foule, criant, hurlant et jouant d'exaltation sur ce qui va se passer dans les prochaines secondes.

17 yards : tout le monde retient son souffle ! Impossible de l'arrêter. Billy est lancé à plus de vingt-cinq kilomètres-heure.

*

Après avoir tenté d'essuyer ses larmes, Tina finit par embrayer la première. Elle se met à rouler. Ses lèvres tremblent. Elle grelotte de froid. Le poste est allumé, et Chris Isaak l'accompagne avec Wicked Game. *Elle pousse le volume à fond. Elle fait ça pour s'isoler. Elle se retranche toujours de cette manière. Ses yeux sont comme morts. Vides. Tina tapote le volant avec ses doigts, se synchronisant avec la musique. Mais on voit bien qu'elle est crispée, qu'il s'agit plutôt de passer ses nerfs. Son regard est maintenant violent. Malgré le volume, on distingue le grincement de ses dents. Comme si elle cherchait à s'ôter quelque chose de la tête, elle fredonne, la bouche tremblante, elle se force à ne pas y penser…*

*

9 secondes…

15 yards. Pas le temps de cogiter. Billy sait ce qu'il lui reste à faire. À cette vitesse, même sous le choc, normalement, c'est le *touchdown*.

*

Tina roule sans but. Elle ne regarde pas la route. Elle semble complètement déconnectée.

*

6 secondes...

10 yards… Il faut le faire. Alors, Billy continue sa course effrénée, ferme les yeux…

*

Brusquement, elle change de station radio, puis écoute attentivement les nouvelles. Sous le choc et l'émotion, elle s'effondre, son corps lâche. Elle s'évanouit...

*

5 secondes...

7 yards…

*

« Non !! Tina, ne t'endors pas ! Tinaaaaa !! Noonnn !… »

Je crie jusqu'à ne plus avoir de voix.

« ATTENTION !! »

Impact !

18

Impuissant face à ces deux scènes, je vois soudain l'écran s'éteindre devant moi… comme une coupure d'électricité. Plus un son, plus un bruit. Seulement celui de ma respiration. Je suis terrorisé. J'attends qu'il se passe un truc. Je regarde dans tous les sens, espérant que quelque chose arrive… mais rien.

Je viens de quitter une double séquence de nos vies. Moi sur une dernière action, fonçant à toute vitesse pour marquer le dernier *touchdown* du match, comme convenu avec Richard ; et de l'autre côté de l'écran, dans une scène improbable, Tina, pleine de sang, sortant de la maison, totalement paniquée, avant de s'effondrer dans sa voiture, perdant pied.

Tout se mélange dans ma tête, entre rêve et réalité. Je ne sais pas quoi penser. Seul dans ce cinéma, je suis trempé de sueur. Du moins, j'ai cette sensation. Il ne se passe plus rien. Ma respiration résonne dans cette pièce immense.

Sans crier, la voix éraillée, je tente d'appeler :

« Doc ? Doc ? »

Mais toujours rien. Le silence plane. Et je ne bouge plus.

Soudain, pris de panique, je pose la main sur ma poitrine. Comme si on me donnait des coups de couteau, je ressens de vives douleurs. Crispé, je m'accroupis. Je relève la tête en grimaçant.

Mais qu'est-ce qui se passe ?

J'aperçois la lumière aveuglante des spots alignés le long des murs de la salle. Je tente de me calmer, entre incompréhension et stress. Mais ça ne marche pas.

Tout à coup, au fond de la pièce, les premiers spots s'éteignent, accompagnés d'un bruit sourd. Comme s'ils implosaient.

Puis un autre, et un autre encore. L'obscurité, pas à pas, investit le cinéma, comme un gouffre se refermant sur moi.

De nouveau pris de panique, je me mets à reculer de fauteuil en fauteuil, comme pour fuir ces ténèbres qui avancent. J'accélère ma cadence comme je peux, je vois ces lumières s'éteindre de plus en plus vite dans ma direction, comme s'il s'agissait d'une course-poursuite. Je me sens oppressé. Je me vautre par terre et rampe sur le sol jusqu'à un des murs. Puis je me retourne. Allongé, la tête appuyée sur la cloison, je me tiens toujours la poitrine avec la main et respire péniblement. Impuissant, je laisse ce néant s'abattre sur moi.

« Non… non… non… »

Je regarde en l'air et tente encore une fois d'appeler le docteur, mais personne ne me répond. Plus que quatre spots… trois… deux…

Rideau noir.

*

Je me redresse d'un coup dans une grande inspiration. Transpirant, grelottant, je suis dans un état second. Adossé sur mon oreiller, mes poumons me brûlent. Je me tiens la poitrine. Je suis oppressé.

Le docteur semble mal à l'aise. Je le regarde et essaye tant bien que mal de lui parler. Mais ma respiration saccadée m'empêche de m'exprimer correctement.

Il se rapproche et me propose de l'eau. Je bois jusqu'à plus soif.

« Mais… qu'est-ce… qui s'est passé ? Vous étiez où, bon sang ! Vous m'avez abandonné dans cette salle ! J'ai vu Tina ! Elle était mal ! Pleine de sang ! Effrayée ! Et toutes les lumières se sont éteintes ! Et… et… et… »

Je bafouille sous l'effet du stress et de la panique. Je bois encore. Je pleure à chaudes larmes.

« Putain ! Doc !

– Billy… Je vous avais perdu ! J'ai tenté à plusieurs reprises de vous récupérer, mais vous refusiez de vous mettre en contact avec moi.

– Non, non ! Je vous ai appelé constamment ! C'est faux ! Vous n'êtes jamais venu !

– Mais ça ne marche pas comme ça ! Vos appels n'étaient qu'un reflet. Si vous aviez réellement désiré que je sois là, vous m'auriez laissé entrer avec vous, vous m'auriez matérialisé.

– Mais pourquoi ça n'a pas marché, cette fois-ci ? Et pourquoi, dans le cinéma, j'ai vu deux scènes à deux endroits différents ? Pourquoi ? Comment c'est possible ? »

Le docteur ne répond rien et baisse les yeux. Comme depuis le début, je perçois que quelque chose ne va pas. J'essuie mes larmes et renifle.

« Écoutez, Billy…

– Ça suffit ! » le coupe le lieutenant, en retrait.

Le docteur, désemparé, se tourne vers lui. Ils se regardent en chiens de faïence.

« On arrête les conneries, reprend White. Vous avez fait votre taf, vous avez tenté… mais maintenant, ça suffit. Il faut lui dire.

– Me dire quoi ? »

Je regarde tour à tour le flic et le docteur, surpris de leur altercation.

J'insiste face à leur silence persistant.

« Doc… s'il vous plaît, il se passe quoi ? Il faut me le dire ! »

Le docteur soupire et je le devine abattu. Il fait un signe de la tête au policier et se retourne vers moi.

« En effet, le lieutenant White a raison. Il est temps. J'aurais voulu aller plus loin pour éviter pas mal de choses. Mais je pense que ça devient trop compliqué. »

L'ambiance est subitement plus lourde, pesante. Le docteur me regarde différemment. Je vois bien qu'il cherche ses mots pour ne pas se louper.

« Doc… allez-y… dites-moi ! J'en peux plus. Je veux savoir ce qui s'est passé, je veux savoir si Tina est en vie ou s'il lui est arrivé quelque chose à cause de moi… dites-moi… s'il vous plaît… »

Mes larmes recommencent à couler. Mon corps me lâche. Pris dans les émotions, la fatigue et la peur, je n'arrête plus de pleurer.

Le docteur prend une voix douce et me fait, délicatement, asseoir au bord du lit.

« Écoutez, avant de commencer, je vais vous montrer une vidéo. Ça sera plus pratique pour comprendre. »

Il récupère son ordinateur. Il le met sur mes genoux et s'assoit à côté de moi. Puis il appuie sur « play ».

La première image apparaît, c'est la dernière action du match, lors de la finale ; on entend les commentateurs :

« *... C'est incroyable, quelle finale, mais quelle finale ! Écoutez et regardez ce public en délire ! Je ne sais pas vous, Ronald, mais moi, je me régale. Si un jour on m'avait dit que l'équipe de notre magnifique ville de Charlotte, de l'État de Caroline du Nord serait en finale... Je vous rappelle que la saison a été compliquée pour les Panthers : malgré un excellent recrutement, le démarrage a été difficile, tant au niveau sportif que médiatique. Quand on voit le jeune Billy, en fin de contrat universitaire, à la limite de passer pro, aujourd'hui aux portes de remporter ce trophée* *prestigieux alors qu'il n'y pas si longtemps, il était incertain de jouer, pris en grippe par la justice et les médias pour certaines affaires... Il est là, il participe à cette finale ! C'est la nouvelle pépite de notre football !*

– En effet, Ryan, c'est un dimanche qui restera dans les annales. Menés de 15 points au premier quart-temps, les Panthers n'ont rien lâché et n'ont plus que 3 points de retard grâce à ce jeune Billy. Il ne leur reste que 30 secondes pour créer l'exploit. Je ne sais pas quelle tactique ils vont déployer, mais le coach Carten est un homme plein de malice. Va-t-il jouer de stratégie ou tout simplement faire confiance à ses joueurs phares ? Tel que, comme vous le dites si bien, Ronald, le jeune Billy et ses jambes de feu ! »

Je revois les dernières trente secondes de ce fameux match. Je regarde le docteur et lui fais un signe.

« Je me souviens, je me souviens de cette scène. Je devais marquer le dernier *touchdown* pour Richard. »

Les commentateurs reprennent :

« ... *Et c'est parti pour la dernière et décisive action du match !*

« *35 yards. Jimmy, le* quarterback *des Panthers, recule de 3 yards et feinte. Et il transmet le ballon à Billy Wake ! 33 yards. Les deux gardes Mick et Tod se placent devant Wake et lui font le couloir. Il perce derrière eux. Ce gamin fonce ! C'est un rapide ! Ohhh ! mais quel choc sur son coéquipier Tod ! Vu d'ici, ça doit faire mal ! Hein, Ryan ?*

– Ah, mais carrément ! Oh ! regardez, le jeune Billy Wake fait des sauts de cabri ! Il esquive tout sur son passage, il ne reste que 21 yards, ça va très vite ! Les Panthers vont-ils le faire ? En sont-ils capables ? Billy Wake accélère et transperce la défense ! Il n'a plus qu'un seul défenseur devant lui, c'est Rony McCall,

des Eagles. Il fonce tête baissée, il accélère... et... Waahoouuuuuuuuu !!!!!!

– Mon Dieu ! Quel choc !!! Ryan... vous avez vu ça ?

– Oui, mon vieux, je n'ai pas tout compris sur la fin, mais à notre niveau, du haut du stade, on a pu entendre les plastrons craquer... j'imagine le choc que ça a dû être en bas ! Je crois bien que c'est le plus gros carton que j'ai vu de toute ma carrière...

– Mon Dieu, mais quelle horreur ! Les deux joueurs ne bougent plus. Mais au-delà de ça, le chronomètre vient de s'arrêter et le jeune Billy, qui avait franchi la ligne avant l'impact, n'a pas lâché le ballon : les Panthers sont donc les champions ! Mais pour le moment, l'heure n'est pas à la fête, car les deux joueurs sont toujours au sol... »

Le docteur met la vidéo sur pause et me regarde.

« J'ai marqué… Je me souviens du choc… j'ai marqué ! »

Pourtant, j'ai suivi cette fin de match comme si je la découvrais.

« Oui, en effet, le match a été gagné. Mais le problème ne vient pas vraiment de là. »

Le docteur appuie de nouveau sur « play ». Il passe en mode accéléré, puis revient à vitesse normale :

« *... C'est incompréhensible, cela fait dix minutes que les joueurs sont au sol ! Il se passe quelque chose ! A-t-on un correspondant en bas qui peut nous en dire plus ?*

– En attendant, Ryan, je vous propose de revoir la scène au ralenti. »

Je visionne la scène sur l'ordinateur : je me vois foncer face à McCall, la tête penchée, droit comme un bélier. Je m'encastre sur son plastron. Nos vitesses respectives font que nous nous arrêtons net en plein élan. Les journalistes s'amusent à calculer nos vitesses respectives ; la moyenne se situe autour de vingt-cinq kilomètres-heure. Le choc frontal est évalué à cinquante kilomètres-heure, si on additionne les deux. L'impact est effrayant, mais le pire est à venir. Ma course s'étant interrompue brusquement, cela permet à un autre défenseur d'arriver sur moi. Lui aussi fonce à pleine vitesse. Sur la vidéo, on voit que je ne l'ai pas anticipé. L'autre défenseur, de son côté, ne s'attendant pas à ma collision avec McCall, ne peut s'arrêter et me percute de plein fouet sur l'autre flanc. Et sous l'effet de ce violent impact, je suis projeté dans la ligne d'embut… ce qui permet à mon équipe de gagner.

En revivant cet instant, j'ai l'impression d'avoir été perforé. J'arrive à ressentir cette scène. J'ai des flashs qui me reviennent.

« Le premier choc frontal avec le joueur a été d'une telle violence que le casque s'est décroché, m'explique le docteur. Derrière ça… le second choc a frappé le haut du crâne, par l'arrière… »

Il enlève l'ordinateur de mes genoux, le pose sur la table roulante, et s'assoit sur un tabouret face à moi, puis, avec beaucoup de précautions, libère mes mains des bandages. Ensuite, tout en me regardant dans les yeux, il commence à retirer ceux qui compressent mon torse. J'attends la suite de son histoire, mais, lentement, comme pour gagner du temps, il enroule l'une des bandes sur elle-même en silence. Jusqu'à ce qu'il relève son visage vers moi.

« Vous êtes arrivé ici vers 23 h 30… L'impact a été d'une telle violence qu'il a entraîné de multiples traumatismes cérébraux et une fissure sur le haut du crâne… Votre cœur… »

Le docteur se racle légèrement la gorge.

« ... votre cœur a été tellement comprimé suite au choc qu'il s'est arrêté. Les secours, jusqu'à votre arrivée ici, ont réussi à vous maintenir en vie… À ce moment-là, le pronostic vital était engagé… »

Le docteur est gêné, embarrassé.

« Qu'est-ce que vous essayez de me dire ?

– Dites-le-lui… allez-y… » souffle le flic.

Le docteur prend une grande inspiration et continue sa phrase :

« … vous avez fait plusieurs arrêts cardiaques… et… »

Je commence à paniquer. Je n'ose pas croire ou réaliser ce qu'il est en train de me dire. Au fur et à mesure que les bandes libèrent mon corps, j'entrevois la vérité. Ma mâchoire inférieure, comme au ralenti, tombe et me laisse sans voix. Mes mains se mettent à trembler.

Le docteur finit de retirer tous les bandages et recule d'un pas.

Pour moi, tout cela est incompréhensible, incohérent. Ma main droite, lentement, effleure en tremblant le centre de ma poitrine. Sous le dernier pansement, je devine des boursouflures dues aux agrafes sur ma peau fragilisée… Je comprends qu'il s'agit d'une cicatrice. Ma bouche est prise d'assaut par des spasmes. Les larmes me montent aux yeux. Je me remémore mes derniers rêves, mes souvenirs… Comment tout cela est-il possible ? Comment mon esprit a-t-il pu se perdre ainsi ?

Proche de l'effondrement, j'ai beau essayer de parler, mais rien ne sort de ma bouche, si ce n'est un filet de bave qui s'échappe à chacun des mouvements de mes lèvres.

Avec mes mains, je poursuis l'exploration de mon corps.

Le docteur revient vers moi et commence à défaire les bandes de mon visage. Puis il recule de nouveau.

Mes doigts montent lentement et découvrent mes joues, mon front, mes cheveux…

J'éclate en sanglots. Le docteur attend quelques minutes avant de continuer. Il a un air de chien battu. Je suis dans un état second.

« On pensait que vous n'alliez pas survivre, ce soir-là. Pour nous, tout était perdu… Jusqu'à ce que… »

Le docteur reprend sa respiration.

« … Ce soir-là, les services des urgences et de réanimations étaient saturés, il y avait eu juste avant un énorme accident sur l'autoroute. Un bus avec des élèves avait été renversé. Nous étions débordés. À votre arrivée, il était environ 23 h 30, comme je vous l'ai dit, et on a dû vous placer dans une salle à côté d'un autre patient. Vous étiez tout proches, tous les deux… »

Je veux crier ma détresse, mais aucun son n'accepte de franchir mes lèvres. Comme un mime, j'exerce des mouvements de torsion avec ma bouche, des mouvements de douleur, de peine et de désolation.

« Comme je vous l'ai dit, pour nous, à votre arrivée, vous n'aviez aucune chance… jusqu'à ce que… »

Le docteur hésite encore.

« Dites-le-lui, allez !

– Nous allions vous perdre, vous aviez fait de nouveau un arrêt cardiaque. L'équipe de réanimation n'arrivait pas à vous ramener… jusqu'à ce que… Jusqu'à ce que Billy, qui était à côté de vous, s'éteigne… alors, votre cœur est reparti miraculeusement. »

Le docteur s'écarte et prend un miroir sur pied qu'il place sur la table à côté de mon lit. Lentement, il l'oriente vers moi.

« Et vous avez survécu… Tina. »

En découvrant ce visage et en entendant ce prénom, mon cœur se déchire, libérant ma voix.

Je me mets à hurler…

19

Il faut un long moment pour me calmer. White quitte la pièce. Il a bien senti l'état chaotique dans lequel je suis. Seul le docteur reste à mes côtés.

Depuis la révélation, je suis effondrée, noyée, tourmentée. Ma main est posée sur ma poitrine et effleure mes multiples cicatrices…

J'essaye de me souvenir de son odeur, de sa présence…

« Billy… Billy… » dis-je sans cesse.

Je pleure et renifle sans pouvoir m'arrêter. Dans ma main gauche, la télécommande de l'ordinateur avec laquelle je passe et repasse en boucle cette dernière action de Billy au cours de la finale où je peux encore apercevoir l'homme de toute ma vie, mon oxygène. Il est… il était mon sud et j'étais son nord.

« Billy, bordel… Billy, mon amour… t'es où ? »

Les larmes se succèdent sans que je parvienne à les retenir. Je respire grâce à lui, je vis grâce à son âme. Je me recroqueville comme pour le serrer dans mes bras, il me manque.

Le docteur finit par éteindre l'ordinateur qui tourne en boucle et s'assoit à côté de moi.

« Je n'y crois pas, je n'arrive toujours pas à y croire… je ne comprends pas… »

Le Dr Borg, empli d'une empathie sincère, me parle calmement :

« Juste après votre accident de voiture, vous avez fait plusieurs arrêts cardiaques dans l'ambulance. Les secours vous ont amenée ici. Sur le chemin, votre cœur s'est arrêté trois fois.

– Je me souviens… je les entends encore… »

*

« Alors ?

– On n'a rien ! Aucun signal ! Chargez à 200 ! On ne lâche pas le massage, allez, les gars !

– C'est prêt ? Allez, c'est trop long, bon sang !

– Ça charge…

– Toujours pas de signal !

– C'est bon, c'est chargé, go ! Go !

– Attention, reculez ! »

*

« Pour les équipes des urgences de nuit, vous étiez en sursis. Vous avez été admise sous le nom de Maria Thomson, à cause du passeport retrouvé dans la boîte à gants de la voiture. Lorsque le lieutenant vous a fait son premier brief, et à la vue de votre état, il ne vous a pas parlé de ce passeport ; je ne voulais pas qu'il vous en parle. Il n'a donc jamais évoqué le nom de Thomson. C'est vous qui l'avez fait, plus tard.

« Mais bref… là n'est pas le sujet. La police a tenté de contacter quelqu'un de votre famille pour les prévenir de votre accident. Mais, naturellement, dans tous les fichiers, aucune adresse ne correspondait à ce nom. En revanche, la plaque d'immatriculation de votre véhicule a révélé les noms et l'adresse des propriétaires : Billy Wake et Tina Miller. Nous avons donc retrouvé votre véritable identité grâce à la voiture…

« Quant à Billy, le choc à la tête lui a été fatal ; il a fait une hémorragie cérébrale qui a induit un coma dépassé. Il a été héliporté jusqu'ici. Mais pour lui, il était déjà trop tard. Comme je vous l'ai dit, nous étions surchargés ce soir-là. Lorsque nous avons établi que vous étiez Tina Miller, cela nous a facilité les choses de vous mettre ensemble. Vous étiez dans la salle principale des urgences, nous avions positionné vos lits côte à côte, juste séparés par un rideau. Billy était sous perfusions haute dose pour tenter de faire diminuer l'œdème cérébral, mais nous savions que c'était sans espoir. Et, vous concernant, nous attendions une certaine stabilité cardiaque avant de pouvoir vous emmener au bloc pour diverses interventions, suite à votre accident.

« Puis vous avez de nouveau fait un arrêt. Les équipes ont tenté de vous réanimer. Mais cette fois, ils ont vraiment cru que tout était terminé. Ils n'arrivaient pas à vous faire repartir. Puis, peu de temps après vous, le cœur de Billy s'est arrêté. Ses pulsations ont chuté très rapidement, jusqu'à l'arrêt total. Et à ce même moment votre cœur est reparti de lui-même. Les équipes n'y croyaient pas. Vous êtes revenue de la mort. Comme si Billy ne voulait pas que vous mouriez. Comme si Billy vous avait donné son dernier souffle avant de s'éteindre. Pour lui, il n'y avait plus aucune issue. Je suis désolé. »

De nouveau, cette impression de manquer d'air… de tomber dans un puits sans fond…

« Par la suite, nous vous avons fait passer des examens et n'avons rien trouvé au niveau de votre cœur ; nous ne comprenions pas pourquoi vous aviez fait autant d'arrêts cardiaques. Puis, lors de vos analyses de sang, les taux sanguins de plusieurs hormones appelées catécholamines, en particulier l'adrénaline, étaient 10 fois supérieurs par rapport à une personne en bonne santé. En somme, sous l'effet d'une libération massive de ces hormones, une partie du cœur ne se contracte quasiment pas et il se ballonne. Ce qui lui vaut le nom de "syndrome de Tako-tsubo", qui signifie "piège à poulpe". Il s'agit d'une paralysie transitoire appelée plus communément le "syndrome du cœur brisé". »

Je questionne le docteur du regard.

« Des émotions trop fortes, la perte d'un être cher, seraient capables de vous briser le cœur. Baptisé "cardiopathie de stress", ce trouble toucherait principalement les femmes. Tout choc émotionnel ou physique, qui entraîne forcément un stress intense, peut conduire à cette pathologie.

« L'accumulation de stress conduit à une fragilité émotionnelle, qui peut aboutir à une paralysie du muscle cardiaque ; le cœur se met alors en état de sidération face à l'événement de trop. Cela se manifeste par des symptômes proches de l'infarctus, des spasmes dans la poitrine avec parfois un affaiblissement général jusqu'à provoquer, dans des cas extrêmes, des arrêts cardiaques.

« Encore tout à l'heure, vous avez eu des symptômes de douleur à la poitrine. C'est pour cela que je m'opposais à vous faire "repartir", et que depuis le début – ce que j'essayais de faire comprendre au lieutenant White – il fallait avancer progressivement.

– Docteur… J'entends ce que vous me dites, pour mon cœur, pour mes crises… Mais pourquoi je ne me rappelle rien, pourquoi j'étais convaincue d'être Billy ? Dans mes rêves, mes souvenirs… Et vous… vous ne m'avez rien dit ! Pourquoi je n'étais pas moi, à mon réveil ? »

Le docteur prend une grande inspiration :

« Pour commencer, lorsque les policiers sont allés chez vous, ils ont constaté – comme vous dans votre rêve, puis vos souvenirs – qu'il y avait du sang en quantité importante sur la moquette de votre chambre, et ils en ont déduit qu'il s'était passé quelque chose, et que cela était peut-être lié à votre accident, dont les circonstances n'étaient pas claires.

« De mon côté, mon rôle est d'accompagner les patients victimes de grands traumatismes, ou de lourdes opérations, comme celle que vous avez subie. Maintenant, souvenez-vous : lors de votre premier réveil, j'étais là, et vous m'avez demandé où était votre amie Tina, avant de m'annoncer, quelques minutes plus tard, que vous étiez Billy, le joueur de football… Je devais juger de votre état mental après une intervention aussi importante, vous imaginez donc bien mon désarroi face à vos propos ! C'est là que j'ai pris conscience de la profondeur du traumatisme. Il ne fallait donc en aucun cas vous bousculer, mais tenter de vous faire retrouver par vous-même votre réelle identité et vos propres perceptions. C'est pour ça que j'ai entamé avec vous ce processus de reconstruction à travers vos rêves et vos souvenirs, et que je ne vous ai rien dit sur le coup.

– Mais ce n'est pas possible !! Je me souviens des derniers instants du match comme si j'y étais, comme si j'étais Billy ! Je me vois encore dans ce stade, faire ces mouvements…

– De grands traumatismes engendrent parfois des troubles psychologiques. Il se peut qu'en parallèle du syndrome du cœur brisé… vous ayez été confrontée à une EMI : une expérience de mort imminente. Ce soir-là, je vous l'ai dit, les équipes de réanimation ont cru vous perdre. L'EMI est un carrefour où se croisent les interprétations physiologiques ou psychologiques. Lorsqu'on aborde la mort de près et qu'on se situe à sa frontière, il peut se passer des événements étranges et inexpliqués. Des patients revivent en rêve des instants de leur réalité, souvenirs souvent déformés. Vous avez déjà entendu parler de tunnel ou de lumière… mais certains cas, parfois, révèlent d'autres symptômes. On parle de rencontre avec des personnes décédées ou des “êtres de lumière”, remémoration en accéléré de sa propre existence, prises de conscience… Rappelez-vous, lorsque vous m'avez dit vous voir flotter au-dessus de Billy… C'est ce qu'on appelle une décorporation.

– Oui, je me souviens… je me vo… je le voyais, allongé…

– Et vous étiez tous les deux l'un à côté de l'autre. Au moment de votre décorporation, vous n'avez vu que Billy, votre amour. Et je pense aussi, que vous l'avez vu partir à ce moment précis. »

Tina s'essuie les yeux.

« On retrouve des émergences partagées, une variation des sentiments, agréables ou désagréables. Cela dépend du contexte de vie de la personne. J'ai rédigé un mémoire et fait des études sur les frontières avec la mort : les premiers retours des patients sont une sensation de se souvenir des derniers moments de la vie… de vivre ses dernières secondes… ses trente dernières secondes. Vous aviez une telle symbiose avec Billy, votre amour… Ce soir-là, vos cœurs à tous les deux se sont arrêtés simultanément, et probablement qu'une part de lui s'est ancrée en vous. Vous ne vouliez pas voir partir Billy, alors vous avez continué de le faire vivre en vous. Et vous avez eu la sensation de vivre les dernières secondes de sa vie, les trente dernières secondes du match, et vous aviez l'impression d'être dans ce match, à sa place.

– Mais, c'est dingue ! Je me vois encore dans ce stade, je peux ressentir l'air autour de lui, vibrer sur ses actions… comme si je les avais vécues moi-même !

– Personnellement, je pense que vous regardiez le match de votre côté. Vous avez dû voir la scène… Mais ce que vous ressentez n'est pas forcément ce qu'a vécu Billy ; c'est ce que votre esprit a imaginé qu'il vivait à ce moment-là, comme s'il se mettait à sa place, alors que vous regardiez cette finale. Et votre lien avec Billy était si fort ! Les émotions et l'amour peuvent parfois conduire des patients vers des souvenirs et des troubles extrêmes… »

Je regarde dans le vide, ne réalisant toujours pas vraiment que je viens de perdre Billy…

« Doc, autant je peux comprendre cette histoire de mémoire sur ces trente dernières secondes, autant pour tout le reste… j'ai du mal. Comment je peux avoir autant de souvenirs du passé de Billy ?

– En réalité, Tina… si vous vous rappelez bien… dans tous les souvenirs projetés dans cette salle de cinéma, vous étiez avec Billy. Tout a commencé dans la voiture avec lui, avant d'aller à cette soirée poker. Vous étiez tous les deux. Et pendant la soirée, vous étiez où ?

– Avec Billy, sur ses genoux…

– Ensuite, lors de l'accident, aux abords de la forêt… vous étiez encore avec Billy, n'est-ce pas ? Et il en est ainsi dans chacun des souvenirs que vous avez vus dans cette salle de cinéma. Chaque fois, vous étiez ensemble. Tina, vous étiez persuadée de vivre les souvenirs de Billy, mais en réalité, il s'agissait des vôtres… »

Je réfléchis et me remémore toutes les scènes que j'ai « visionnées »… Le docteur a raison : que ce soit à la soirée chez Jimmy, au moment de l'accident dans les bois, ou quand nous nous sommes retrouvés nus dans le hangar… ou bien encore lors de nos conversations dans la voiture, puis au bar, avec Richard… nous y étions tous les deux.

« Ça a toujours été vous, Tina… Depuis le début, mais vous ne vouliez pas le voir… ou plutôt, votre esprit refusait de le voir. Votre imprégnation de Billy était tellement forte qu'elle a réussi à leurrer votre conscience, ainsi que votre subconscient. Et pourtant, bon nombre d'indices étaient parsemés dans vos rêves, faisant le lien avec vos souvenirs, qui auraient pu vous permettre de vous raccrocher à votre propre identité, vous démontrer que vous étiez Tina, et non Billy. Beaucoup de choses ne coïncidaient pas… Mais il était difficile de les voir.

– Lesquelles, par exemple ? »

Complètement paumée, j'ai l'impression de devenir folle.

« Rappelez-vous vos rêves… Lorsque, pensant être Billy, vous vous rendez au commissariat pour signaler votre disparition – enfin, celle de Tina –, vous vous mettez à vomir dans la poubelle. Or, dans vos souvenirs projetés ensuite dans la salle de cinéma, c'est Tina qui vomit sur le bord de la route. Cela aurait dû vous mettre la puce à l'oreille. Et la tache de sang dans le dos du policier lorsqu'il est parti chercher la vidéo… c'est vous, Tina, qui avez frappé ce garde aux abords de la forêt, pas Billy.

– C'est pour ça la batte de base-ball dans la chambre ! Elle était là pour faire le lien avec ce garde forestier !

– Peut-être, je ne peux pas vous dire.

– Mais comment j'ai fait pour ne pas me voir à un seul moment, dans ces foutus rêves ? Je peux comprendre les souvenirs basés sur des moments de ma vie en présence de Billy, et donc pouvant porter à confusion… mais ces rêves étaient les miens, j'aurais dû me voir !

– En effet, vous auriez pu. Mais votre esprit le refusait. Dans la salle de bains de votre rêve, vous êtes-vous vue ne serait-ce qu'une fois dans le miroir ? Dites-moi ?

– Non, c'est vrai… Jamais…

– Et pourquoi ?

– La buée… il y avait tout le temps de la buée…

– Parce que ça vous arrangeait de ne pas vous voir, de ne pas affronter la vérité. Souvenez-vous de ce matin-là, dans la voiture, quand vous êtes persuadée d'être Billy et que vous tentez de parler à Tina… vous répond-elle ? Souvenez-vous… Billy se réveille et descend dans la cuisine, Tina ne lui parle pas… *Vous* ne lui parlez pas, aucun échange dans la voiture. Billy pose des questions, mais aucune réponse…

– Oui, je me souviens…

– Tina ne répondait pas parce qu'elle était Billy – *vous* étiez Billy. En réalité, vous étiez seule, dans cette voiture, et ce n'était pas un souvenir… seulement un rêve. Mais à un moment de votre vie, vous avez effectivement été dans cette cuisine, vous y avez pris un café dans cette fameuse tasse, et, un jour, vous êtes montée dans cette voiture et avez eu un accident… Ces rêves sont bien les vôtres, mais retranscrits, comme je vous l'ai dit, hors contexte et sans bon sens, et ces scènes réapparaissent à un moment donné, avec ou sans raison. Votre amour pour Billy a dû générer chez vous un grand trouble émotionnel, de sorte que vous vous êtes projetée dans son corps et son esprit dans les dernières secondes de sa vie en occultant vos propres souvenirs, que vous visualisiez pêle-mêle dans vos rêves…

« Comment ça s'explique ? Ça ne s'explique pas… Je vous l'ai dit, lors d'EMI, les êtres humains réagissent tous de manière différente, et les facteurs émotionnels sont une variante qu'on ne peut contrôler ni mesurer. Mon travail était de vous ramener en essayant de ne pas générer de troubles psychologiques trop violents.

« Encore une fois, Tina, je suis sincèrement navré de ce qui vous est arrivé, à vous et à Billy. Prenez le temps de vous reposer. Je suis de garde, je vais vous laisser. N'hésitez pas à me biper si ça ne va pas. Je vais demander à l'infirmière de vous donner un décontractant. Il faut que vous dormiez.

– Attendez ! Et pour ce mot, “Je sais ce que tu as fait” ?

– Vous savez, les rêves expriment nos émotions, nos désirs, nos craintes, nos peurs… ce papier représentait peut-être symboliquement votre peur et vos remords concernant certains de vos actes. Vous vous êtes focalisée dessus, mais ce n'est peut-être pas une piste en soi, juste un indice sur la vérité que votre esprit aura matérialisé de cette manière. »

Je me remémore soudain un détail.

« Au fait, à mon réveil, vous m'avez dit que nous étions le lundi 16 janvier… et je n'ai pas fait de rapprochement avec le jour du match. Je ne vous ai pas demandé de quelle année, car j'étais persuadée qu'il s'était passé un an, voire deux. Que Billy… enfin moi, dans mes rêves… que Billy, suite à cette blessure, ne jouait plus… Et en réalité…

– Nous sommes toujours en 2017… quelques jours après le match de Billy. Mais je pense que votre refus de sa mort vous a projetée dans un futur où il aurait survécu. Consciente du choc, que vous avez sûrement vu à la télévision le soir du match, vous l'avez intégré et vous vous êtes construit une vie, avec Billy, en prenant en compte sa blessure, votre envie qu'il arrête le football, son passif avec ses dérapages dont l'alcool, ses amis… Votre cerveau s'est protégé, vous a protégée. Et dans vos rêves, vous avez fabriqué votre propre univers.

– Il me manque tellement, si vous saviez… »

Je me mets à pleurer de toutes les larmes de mon corps, comme un appel à l'aide. J'ai envie de crier, de tout casser. Je tire les draps de mon lit pour passer mes nerfs tout en grinçant des dents. J'ai besoin de faire exploser mon âme, je n'arrive plus à me contrôler, des spasmes de douleur me rongent le corps. Le docteur tente de m'apaiser avec ses mots.

Mais rien ne peut endiguer ma souffrance.

De sursaut en sursaut, je me réveille chaque nuit trempée de sueur, me tordant de douleur.

Je pleure sans arrêt la perte de Billy.

Les cachets pour me calmer n'ont aucun effet.

J'entends toujours ces gémissements incessants au fond du couloir. Je ne suis pas la seule à pleurer de douleur. Je devrais me sentir chanceuse d'avoir été sauvée… et de ne pas trop souffrir physiquement de mes séquelles. Pourtant, je ne peux m'empêcher de penser que la pire des choses qu'il pouvait m'arriver est de survivre à Billy. Mourir aurait été préférable. Disparaître en même temps que lui. Balayée d'une traite.

Cela fait plusieurs jours maintenant que j'ai pris conscience de la réalité.

Je suis morte à l'intérieur. Je vois les heures défiler sans dire un mot, enlisée dans mes songes. Le lieutenant White n'est pas encore revenu à la charge sur ce que nous avons fait, avec Billy, mais je m'en fous complètement. Je n'arrête pas de repenser à tout ce qu'il vient de se passer. Impossible de tenter d'oublier ou de faire comme si…

Par-delà ma peine pour l'amour de ma vie, je revis mes rêves, revois ces scènes… et quelque chose me ronge. Mes jambes se mettent à trembler sans que je sache pourquoi, je suis soudain prise d'une crise d'angoisse. Je mets ça sur la mort de Billy et ce foutu syndrome des cœurs brisés.

De nouveau, je suffoque dans cette chambre. J'appuie sur le bouton pour faire venir l'infirmière.

« Oui, madame, vous m'avez appelée ?

– Ça ne va pas ! Ça ne va pas du tout !

– Calmez-vous, madame, essayez de vous calmer… »

J'attrape l'infirmière par la blouse.

« Je vais vous donner un tranquillisant.

– NON !! Faites venir le docteur… allez !… »

Je hurle des ordres. Sous la panique, elle le fait appeler. Il rapplique aussitôt.

« Que se passe-t-il, Tina ?

– Doc… dis-je en éclatant en sanglots. Doc… Je n'en peux plus… je n'en peux plus…

– Je sais… je sais, Tina… Le travail va être long… je suis désolé de vous dire ça.

– Quelque chose d'autre ne va pas, Doc ! Je ne sais pas quoi, mais quelque chose me ronge de l'intérieur.

– Pouvez-vous me décrire ce que vous ressentez ?

– Je ne sais pas, je n'y arrive pas… mais je sais que c'est en lien avec ce soir-là ! Le soir où j'ai eu l'accident… je suis sortie de la maison pleine de sang… il s'est passé un truc… mais je n'arrive pas à me souvenir… Chaque fois que je pense à cette scène, mon corps se rebelle… Je n'arrive plus à me contrôler, j'ai des spasmes, et des angoisses…

– Vous êtes sûre que ce n'est pas par rapport à…

– Non ! Ce n'est pas pareil, ce ne sont pas les mêmes sensations… il y a autre chose… Doc, il faut m'aider ! Il faut me faire repartir dans mes rêves, puis dans mes souvenirs, pour que je sache ce qui s'est passé ! Il ne faut pas me laisser comme ça… s'il vous plaît… »

J'ai tellement mal, j'ai tellement peur…

Le docteur est en train de réfléchir.

« Vous savez, ce n'est peut-être pas bon pour vous de repartir dans cet état. J'ai eu du mal à vous récupérer, la dernière fois. »

Je tire sur sa blouse avec fermeté.

« Ne me laissez pas comme ça… s'il vous plaît… Doc… »

Je le supplie du regard, abattue, au bord du désespoir. Il souffle.

« Bon… c'est d'accord…

– Merci, merci, merci !

– Mais il faut que je vous dise quelque chose : vous n'aurez pas la même vision qu'auparavant. Du moins, le même angle que d'habitude. Dans vos rêves, les choses vont forcément s'adapter. Jusqu'ici, vous avez toujours cru que vous étiez Billy… Aujourd'hui, vous interpréterez les choses différemment, ils resteront des rêves, mais vous ne les verrez plus de la même façon. Et en ce qui concerne vos souvenirs… là aussi, ça va changer. Jusqu'à présent, vous les viviez en tant que spectateur ; maintenant, vous les revivrez comme si vous y étiez…

– Aucun problème, Doc. Aucun problème… »

Je suis épuisée, complètement vidée, mais impatiente de repartir…

« Je ne sais pas si vous avez conscience de ce que je viens de vous dire. Mais il se peut, en fonction de ce qu'il s'est passé, que vous reviviez des émotions très fortes, peut-être trop fortes pour vous… »

Je me redresse tout doucement et le regarde droit dans les yeux.

« Vous savez ce qui s'est passé, n'est-ce pas ?

– Écoutez, je… »

Je place mon doigt sur ma bouche pour lui faire signe de se taire.

« Je ne veux pas l'entendre… je veux le voir. Je veux savoir ce qui est arrivé ce soir-là. J'ai besoin de faire table rase… et pour ça, je DOIS savoir. Je peux compter sur vous, Doc ? Vous allez me ramener dans mes souvenirs ? »

Le docteur réfléchit un instant, puis ferme les yeux et fait un mouvement de la tête en guise d'acceptation, mais en même temps, de désolation.

« Demain matin. Je vous y emmène demain matin. À condition que vous vous reposiez cette nuit… Et je serai obligé de faire venir le lieutenant White, pour les besoins de l'enquête, je lui avais demandé de vous laisser un peu plus de temps. Mais je vous préviens, ce n'est pas un souvenir que vous allez vivre : vous allez le *revivre*… »

J'acquiesce à mon tour et essuie mes larmes.

« Parfait… alors, à demain, Doc. »

20

Il est 10 heures du matin et je n'ai quasiment pas dormi. Pendant que l'infirmière change mes pansements, je vois le docteur, dans le couloir, discuter avec le lieutenant White. Je suis concentrée. Mon regard revient sur la femme en blanc qui retire ma sonde urinaire. Je vais pouvoir aller aux toilettes toute seule, bouger un peu plus, même si ça restera compliqué.

Je suis dans un état d'extrême fatigue. En plus de mes angoisses, je ne supporte plus cet hôpital. En réalité, je ne supporte plus rien. Les pleurs et gémissements des autres malades me sortent par les yeux. Je n'ai qu'une envie : m'échapper de cette réalité.

Je suis assise sur le lit. White est installé sur la chaise au fond de la pièce et le docteur est à côté de moi.

« Ça va ? Vous êtes prête ?

– Oh ! que oui !

– Je voulais dire… pour vos souvenirs ?

– J'ai compris, Doc ! »

Je lui fais un signe de la tête pour qu'il soit rassuré.

« Très bien… Vous pourrez me matérialiser dans votre rêve, mais une fois dans vos souvenirs, vous serez seule et en direct… si je puis dire.

– Oui, oui, j'ai compris… on peut y aller, maintenant ?

– Alors, c'est parti… »

*

… tic tac, tic tac, tic tac…

J'ouvre les yeux.

De nouveau, ce plafond blanc. Je me relève sans hésiter. Rien n'est comme avant. Enfin, si. L'environnement n'a pas changé, la chambre est la même, du bordel par terre aux cachets sur la table, avec l'alcool dans le verre… tout y est. Mais moi, j'ai changé. Je ne vis plus le rêve en étant Billy. Je sais qui je suis. Je regarde mes doigts et vois mes ongles. Je passe ma main sur ma poitrine et touche mes seins. Je suis bien Tina.

Partie pour avaler de nouveau ces foutus cachets, j'arrête mon geste alors que je m'apprêtais à prendre le verre. Je n'en veux pas. Je refuse de boire, aussi. Mon corps n'en exprime pas le besoin. Je ne suis plus Billy.

Sans plus attendre, je me dirige vers la salle de bains. Il fait sombre. Et humide. J'ai froid. Le sol est glissant ; il y a toujours ce quelque chose sous mes pieds, comme du savon, mais je n'arrive pas à savoir quoi exactement.

Soudain, je repense à ce hangar glauque, dégueu et crasseux où Billy et moi nous nous sommes changés. Je peux presque sentir cette odeur d'humidité mêlée au froid de la pièce. Cette salle de bains n'est pas la mienne. J'entends un goutte-à-goutte identique à celui du vieux tuyau de ce hangar désaffecté.

J'ai toujours froid. Je continue de subir ce rêve qui va me transporter dans mes souvenirs. À travers la lumière de la chambre, je vois mon ombre sur la glace de la salle de bains, mais je ne me distingue pas. Malgré mes multiples incursions oniriques, je n'ai jamais vu mon reflet dans ce miroir. Et mon esprit refuse encore de voir la vérité. Ce rêve est à la fois un déni de mon passé et un refuge pour me sauver de la vérité.

Je secoue la tête comme pour dire non, et j'allume la salle de bains. La lumière jaillit. Le néon commence à tressauter, j'ai mal aux yeux. Je cache mon visage pour ne pas voir, pour ne pas affronter ce que je devrais voir. Mon rêve et mon esprit sont encore en mode de préservation…

Mais je ne veux plus de ça. Je veux savoir, connaître toute la vérité. Je commence à m'énerver. Cette lumière m'ôte la vue. Mon esprit refuse et continue de se battre. Il faut que je sois plus forte que lui. Venant du plus profond de moi, je pousse un cri…

Le néon arrête de grésiller. La lumière blanche commence à jaunir et redonne vie à cette salle de bains. La grisaille et l'humidité laissent place peu à peu à une chaleur agréable. Je vois réapparaître mes lavabos, les robinets, la douceur des serviettes de bain… Cette pièce reprend vie et cette fausse odeur de hangar disparaît. Je hume les senteurs des gels douche.

Devant moi, la glace est toujours envahie par la buée. Je me rapproche lentement. Je ne distingue toujours pas mon visage, juste une forme vague. Puis je tends la main. Après une seconde d'hésitation, j'essuie le miroir pour enlever la buée.

J'ai comme un soupir de soulagement mêlé d'angoisse. En face de moi, Tina est bien là. Mon esprit vient de se libérer… mais plonge dans la réalité nue. Penchée en avant, j'aperçois mon visage. Il est tel que je l'ai vu à l'hôpital. Plus de trouble, plus de faux-semblant. La vérité crue m'éclate en pleine figure. Je touche ma lèvre inférieure encore gonflée, mon menton, mon front, mon œil droit ensanglanté et bleu… ma face est le témoin de mon accident.

Sous mes pieds, je sens encore que je glisse sur le carrelage froid où je ne remarque rien. Je ne comprends pas. J'ai la sensation de marcher sur un liquide, mais transparent, invisible. Je m'accroupis au sol et le touche. C'est comme de l'eau épaisse.

Il faut que j'avance. Alors, je sors de la salle de bains. À peine je pose les pieds sur la moquette que de nouveau, je sens les minuscules graviers. Je m'arrête, soulève mon pied et en ramasse un peu dans les mains…

Qu'est-ce que c'est ? Je les malaxe entre mes doigts : c'est granuleux, d'une texture étrange… ce ne sont pas des graviers.

Soudain, à moitié cachée sous le lit, je vois la batte de base-ball. Je tends mon bras et l'attrape. Je la tourne sur elle-même jusqu'à trouver les traces de sang sur lesquelles sont collés des cheveux…

« Doc ? »

J'attends quelques secondes.

« Doc ? »

Mais rien…

Je comprends que je serai seule dans cette dernière ascension… Je commence à paniquer, mais je veux savoir, je veux comprendre, et je dois y arriver sans l'aide de quiconque. Je regarde la batte ensanglantée et mes mains se mettent à trembler. J'ai du mal à me contrôler. Je respire profondément. Tout à coup, j'entends un bruit provenant d'en bas. Comme dans les autres rêves… ce bruit de tasse à café. Mais ce n'est pas comme d'habitude.

Gardant la batte à la main, je descends les escaliers et arrive dans la cuisine… Il n'y a personne. Normal.

Toc ! toc ! toc !

Une onde de choc me parcourt. Je vacille comme si je venais d'être aspirée, transportée… Mon corps subit une sorte de spasme. Un léger balancement en arrière.

Je cligne des yeux. J'ai eu une absence de quelques secondes.

Autour de moi, le décor de la pièce a complètement changé. Rien n'est pareil… Il fait sombre dehors, et dans la maison, les lumières sont tamisées. Il fait chaud et ça sent le parfum ; la télévision est allumée sur la chaîne du sport, j'entends les commentateurs parler. Je tourne la tête et je vois le stade de foot où Billy joue. On est le soir de la finale, à trente minutes du début du match. Je serre la main qui tient la batte… Elle a disparu.

Puis je comprends… Sans m'en rendre compte, j'ai basculé de mon rêve à mon souvenir. Sans alerte, sans code du docteur, ni passage par la salle de cinéma… Mon esprit vient de prendre la main pour me faire revivre mon propre souvenir… Le docteur m'avait prévenue. J'y suis…

Toc ! toc ! toc !

On vient de nouveau de frapper à la porte. J'hésite. Je suis encore secouée de ce changement radical. Je n'ai pas eu le temps de m'acclimater. Je fouine du regard. Je cherche un indice, quelque chose… mais cela ne sert à rien, je n'ai aucun pouvoir… je suis dans mon souvenir. Je dois juste le subir pour découvrir la vérité, spectatrice de ma vie au premier rang.

Toc ! toc ! toc !

Je finis par me diriger vers la porte et l'ouvre.

« Richard ? Mais qu'est-ce que tu fais là ?

– Tinnaaaa ! Ça va ?

– Euh… oui… mais je suis surprise de te voir ici. Tu n'es pas au match ?

– Ben, tu sais, avec ce qu'on s'est dit, et ce qui est prévu, je préfère ne pas être là-bas, et puis… le syndicat n'est pas très apprécié. On a toujours besoin de lui, mais tout le monde préfère ignorer son existence… »

Derrière lui se tient Tony, son bras droit. L'arrière-garde.

« Et qu'est-ce que tu me veux ?

– Ben… je sais pas, moi… on pourrait regarder le match ensemble. Regarder ton petit Billy jouer et voir comment il va nous faire gagner un pactole ! »

Richard n'est pas dans son état normal. Déjà que d'habitude, c'est un gros con dégueulasse, là, il est dans un état second. Ses yeux sont rouges, comme s'il s'était « chargé ».

« T'es bizarre, Richard !

– Non… mais non ! Quoi ? T'as pas confiance ? Hé, Tony ! Dis-lui qu'elle peut avoir confiance !

– Mais oui, Tina, tu peux avoir confiance, répète bêtement Tony, adossé au mur.

– Alors, tu vois, même Tony le dit !

– Je ne sais pas, tu n'as pas l'air normal, ce soir… et puis, j'allais partir de toute façon. »

Richard bloque la porte avec son pied, entrant en force. Au passage, je vois une arme à l'intérieur de sa veste.

« Mais non, tu n'allais pas partir ! Allez, fais pas ta timide ! Allons nous asseoir pour voir ton homme ! »

Richard s'installe dans le canapé.

« Ferme la porte, Tina, Tony va rester dehors pour veiller. »

En m'exécutant, je vois un petit rictus sur le visage de Tony. Je ne suis pas tranquille.

« Aaaaah ! On n'est pas bien, là ? Rien ne vaut un bon match à la télé ! »

Richard sort son arme de sa veste et la pose sur la table.

« Va donc me chercher une bonne bière dans le frigo ! Tu dois avoir ça, hein ? Tu dois être une bonne ménagère avec ton Billy ! »

À la vue de son flingue, je me suis figée. Je me retrouve prise au piège dans ma propre maison.

Je m'exécute sans dire un mot et lui apporte une bière. Puis je m'assois sur un fauteuil. Entre-temps, Richard a sorti de la cocaïne, qu'il a étalée sur la table et séparée en petites lignes. Il se prépare à la sniffer.

« T'en veux ? »

D'un signe de la tête, je lui fais comprendre que non. Une deuxième ligne disparaît dans ses narines.

« Aaaaaah ! Putain que ça fait du bien ! »

Il est défoncé. Ses pupilles sont dilatées. Il regarde dans tous les sens et a un sourire bête. Puis il me fixe. Ses yeux restent bloqués sur moi. Il me déshabille du regard, entièrement. Je suis mal à l'aise, je flippe. Je tente de rompre le silence :

« Le match va bientôt commencer.

– *Heyyyyy… heyyyyy* ! »

Richard sourit, puis rit comme un demeuré. Il a un regard vicelard. Je voudrais me barrer, mais Tony fait le guet. Il me faut mon portable. Je me lève et Richard m'attrape par le bras.

« Tu vas où ?

– Je crois que j'ai oublié mon sac dans la voiture. »

Il me repousse violemment sur le fauteuil.

« Tu restes là ! Et t'inquiète pour ton sac, Tony veille sur ta voiture.

– Richard, tu te calmes ! Si tu continues…

– Et quoi ? »

Richard prend son flingue dans la main. Je ne bouge plus.

« Hein ? Tu vas faire quoi, Tina ? »

Je suis tétanisée, morte de trouille. Richard, sans me lâcher des yeux, saisit son portable et compose un numéro. On est à un quart d'heure du coup d'envoi du match.

« C'est Richard… Ils sont au vestiaire ?… O.K., passe-le-moi… »

Il continue de me mater de son regard salace. Je me recroqueville pour tenter de cacher mes jambes.

« Billy ! Comment ça va, mon grand ?… Bien. T'as tout compris à ce que tu dois faire ?… Oui, c'est ça, mon grand. Et tu penses bien à prendre au dernier quart-temps ce que je t'ai donné, tu verras, ça va te booster, mon petit gars… »

Ma peur augmente d'un cran, Richard rigole comme un gros connard, j'ai envie de lui arracher le téléphone des mains, mais…

« Et Billy… par contre, je te conseille de ne pas te louper. Tiens, je te passe quelqu'un… »

Richard me tend le portable, mais juste avant de me le donner, il m'attrape le bras et le serre.

« Et toi, ne dis pas de conneries ! Tu m'entends ? Il doit avoir la tête dans le guidon pour son match ! »

J'essaye de rester naturelle :

« Billy ?

– Tina ! Ça va ? Mais qu'est-ce que tu fais avec Richard ?

– C'est lui qui est venu ici ! »

Je me mets à pleurer.

« Tina ! Qu'est-ce qui se passe ? Tina, parle-moi ! »

Richard me fusille du regard et lâche en grinçant des dents :

« Arrête de chialer, putain ! »

J'essuie mes larmes et me calme pour éviter de déstabiliser Billy.

« Non, non, ça va, c'est juste moi qui suis stressée avec tout ça, c'est tout. Tout va bien, Billy, je t'assure, tout va bien. Toi, il faut que tu penses à ton match et rien d'autre, et tout sera fini, mon amour. D'accord ?

– T'es sûre que ça va ? Qu'est-ce qu'il te veut Richard ? T'es où ?

– À la maison…

– Mais qu'est-ce qu'il fout là ?

– Rien, il est juste venu voir le match avec moi… mais concentre-toi, d'accord ? Et fais ce que t'as à faire, O.K., mon amour ?

– Oui, mon ange, je te promets, après ce match tout sera fini, j'arrête toutes les conneries. Je te le jure. Je t'aime, on va repartir de zéro. D'accord ?

– Oui, Billy. Je t'embrasse, à tout à l'heure. Je t'aime…

– Moi aussi, je t'aime… »

Je rends le téléphone à Richard.

« Bon, gamin, tu sais ce qu'il te reste à faire ?… Calme-toi… calme-toi et tout se passera bien. Tu m'entends ?… T'inquiète pas, je veille sur elle… Toi, fais ton jeu ! »

Richard raccroche.

« Nerveux, ton homme ! »

Puis, il boit sa canette et s'enfonce dans le canapé.

« Allez, détends-toi, ma belle, et regarde le match. »

Tout au long de la partie, Richard avale des bières et continue de jouer au magicien en faisant disparaître de la poudre dans ses narines. Entre chaque quart-temps, il augmente les doses et boit de plus en plus d'alcool. Moi, toujours sur mon fauteuil, je n'ai pas bougé d'un centimètre. Mon seul exutoire est de serrer ce coussin entre mes doigts à m'en faire blanchir les phalanges.

Nous sommes dans les dernières secondes du match. Richard ne tient plus debout. De mon côté, je n'ai qu'une chose en tête : que tout ça s'arrête et que cette merde dégage de chez moi, que je retrouve enfin Billy.

C'est la dernière action, il faut à tout prix qu'il marque, sinon, je ne donne pas cher de notre peau…

« *… Et c'est parti pour la dernière et décisive action du match ! 35 yards. Jimmy, le* quarterback *des Panthers, recule de 3 yards et feinte. Et il transmet le ballon à Billy Wake !* »

« Allez, Billy, vas-y !!! » hurle Richard, complètement hystérique, à tel point qu'il en bave.

« *33 yards. Les deux gardes Mick et Tod se placent devant Wake et lui font le couloir. Il perce derrière eux. Ce gamin fonce ! C'est un rapide ! Ohhh ! mais quel choc sur son coéquipier Tod ! Vu d'ici, ça doit faire mal ! Hein, Ryan ?*

– Ah, mais carrément ! Oh ! regardez, le jeune Billy Wake fait des sauts de cabri ! Il esquive tout sur son passage, il ne reste que 21 yards, ça va très vite ! Les Panthers vont-ils le faire ? En sont-ils capables ? Billy Wake accélère et transperce la défense ! »

« Oui ! Oui ! C'est ça, allez, encore, encore ! Vas-y !! »

Richard est debout sur le canapé, secouant sa bière dans tous les sens ; elle gicle partout et arrose tout le salon. Il est devenu complètement dingue.

« *Il n'a plus qu'un seul défenseur devant lui, c'est Rony McCall, des Eagles. Il fonce tête baissée, il accélère... et... Waahoouuuuuuuu !!!!!!*

– Mon Dieu ! Quel choc !!! Ryan... vous avez vu ça ? »

Richard beugle de joie comme un porc tandis que je hurle de peur.

« *Oui, mon vieux, je n'ai pas tout compris sur la fin, mais à notre niveau, du haut du stade, on a pu entendre les plastrons craquer... j'imagine le choc que ça a dû être en bas ! Je crois bien que c'est le plus gros carton que j'ai vu de toute ma carrière...*

– Mon Dieu, mais quelle horreur ! Les deux joueurs ne bougent plus. Mais au-delà de ça, le chronomètre vient de s'arrêter et le jeune Billy, qui avait franchi la ligne avant l'impact, n'a pas lâché le ballon : les Panthers sont donc les champions ! Mais pour le moment, l'heure n'est pas à la fête, car les deux joueurs sont toujours au sol... »

Richard ne tient plus en place, complètement surexcité par cette victoire, alors que je reste assise sur le sol à côté de la télé. J'attends, esseulée, de voir si Billy se relève... Mais rien. Il est inerte.

Les commentateurs repassent en boucle la vidéo de la collision. C'est affreux. Je vois Billy, au ralenti, se faire fracasser par deux défenseurs. Il vole comme une poupée de chiffon avant de retomber à terre.

Le staff médical s'agite dans tous les sens. Il ne bouge toujours pas.

« Billy, mon bébé… mon amour… »

Je pleure en touchant l'écran, comme si je pouvais le caresser.

Richard s'aperçoit enfin de la situation et se rapproche de la télévision. Une page de pub apparaît.

Je suis dévastée et morte de trouille. Richard revient un peu à la réalité.

« Je vais appeler. »

À plusieurs reprises, il tente de joindre les agents du syndicat présents au stade. Entre-temps, la chaîne du sport revient au direct. Les Panthers fêtent leur victoire, mais personne ne parle de Billy. Soudain, Richard finit par avoir quelqu'un. Il va dans la cuisine pour parler. J'attends sur le sol, comme un oiseau mort, que Richard me donne une bonne nouvelle.

Sa conversation terminée, il revient vers moi.

« Ça va… j'ai eu les gars, il a rien, il est dans les vestiaires… »

Puis Richard envoie des textos, et quand son téléphone sonne de nouveau, il regagne la cuisine.

À l'affût de potentielles nouvelles à la télé, je suis rongée par le stress. Richard, inconscient de son état de défonce, ne se rend même pas compte qu'il hausse parfois le ton :

« O.K… on se débarrasse de tout… c'est ça ? »

Je ne comprends pas de quoi il parle, et je m'en fous, je veux des nouvelles de Billy. Soudain, les commentateurs font un premier retour :

« *Ryan, apparemment, ça semble grave pour le jeune Billy Wake, il va être emmené par hélicoptère à l'hôpital. On parle d'hémorragie cérébrale suite à la violence du choc...* »

« Non ! Non ! Non !… »

Je hurle en tapant sur la télévision.

« … Non ! C'est pas possible ! C'est pas possible… »

Je me tourne vers Richard. Il est planté là, devant l'entrée de la cuisine, et ne dit plus rien. Je me lève brusquement et vais chercher mes clefs.

« Où tu vas ? me demande-t-il d'un ton abrupt.

– Je pars à l'hôpital pour voir Billy. »

Étonnamment, il ne réagit toujours pas. Je passe devant lui à toute vitesse et rejoins la porte d'entrée, que j'ouvre à la volée pour m'enfuir. Mais à peine ai-je mis un pied dehors que je me retrouve propulsée en arrière. Tony, que j'avais oublié, vient de m'asséner un énorme coup de poing en pleine figure.

Sous la violence du choc, je m'affale sur le sol et m'évanouis.

21

… Je sens mes pieds buter sur quelque chose toutes les cinq secondes.

J'entrouvre les yeux, encore dans les limbes. Je sens que mon visage est gonflé et ma bouche ankylosée, j'ai le goût du sang dans ma gorge. Mes bras sont tendus, on me traîne. On me fait monter les escaliers. Je n'ai plus de force. Je vois mes chaussures faire des petits rebonds à chaque marche. Ma tête est lourde et bourdonne. Je capte à peine les voix de Richard et Tony.

Arrivés à l'étage, ils m'abandonnent sur la moquette de la chambre. J'ouvre un peu plus les yeux et marmonne. Je me frotte la tête. J'émerge.

Tony est au téléphone et Richard s'envoie une autre ligne de poudre. Il pousse des râles de satisfaction.

« Billy… »

J'arrive à peine à ouvrir la bouche.

« Billy… »

Richard approche son visage près du mien, il pue.

« Ma belle, je crois bien que t'es pas près de le revoir, ton petit Billy ! »

Il ricane, et je réceptionne ses postillons. Je sens son haleine dégueulasse.

« Putain, c'que tu sens bon, Tina !

– Richard ? l'interpelle Tony. Richard !

– Quoi ?!

– Faut qu'on se bouge. Il va y avoir des enquêtes… »

Je titube jusqu'au lit. Richard ne peut pas s'empêcher de me mater.

« O.K., Tony… Va m'attendre en bas, je t'appellerai.

– Mais, Richard, on n'a pas le temps ! »

Brusquement, ce dernier sort son flingue et le pointe sur Tony.

« Je t'ai dit de m'attendre en bas ! »

Je reprends mes esprits.

« Non… non… » supplié-je Tony tout en lui faisant des signes de la tête pour être sûre d'être bien comprise.

Il lève les mains face à Richard et recule lentement.

« O.K., O.K., Richard, pas de souci… Je disais ça juste pour qu'on gagne du temps… Mais pas de problème, Richard, c'est toi le boss !

– C'est ça, c'est moi le boss… Allez, dégage ! »

Tony sort de la chambre et je l'entends redescendre.

Richard se retourne vers moi, un sale sourire aux lèvres.

« Tu vas être mignonne avec moi… hein, Tina ? Tu ne voudrais pas m'énerver ?

– Richard, t'es qu'un enc…

– Un enculé ? C'est ça que tu voulais dire ? Oh ! que non, Tina, pas moi… »

J'observe la pièce pour trouver un moyen de m'échapper.

« Tss-tss-tss-tss… réagit Richard en pointant son arme vers moi. Allez, déshabille-toi !

– Va te faire foutre !

– Je vais te défoncer, Tina ! » ricane-t-il.

Je balance mon pied sur sa main, il lâche son flingue, puis je me lève. Je profite de sa surprise pour lui asséner un autre coup. Il tombe à la renverse.

Je me précipite vers la sortie, mais il m'attrape la cheville. Dans ma chute, je me cogne la tête contre la porte. Je suis sonnée.

Richard se relève d'un bon et, à plusieurs reprises, me frappe de toutes ses forces au visage et dans le ventre à coups de pied. Je sens mon nez craquer et mon arcade sourcilière exploser.

Dans les vapes, je tente de mettre mes mains devant moi pour qu'il arrête. Il me relève par le col.

« Espèce de pute ! »

Il me met un coup de tête en pleine face. Je sens mon visage s'écraser, mes os se briser sous l'impact. Le sang gicle.

Puis il me jette brutalement sur le lit.

Je suis à demi morte. Je n'entends quasiment plus rien. Je n'ai plus la force d'ouvrir la bouche. Je ne sens que ce liquide chaud couler le long de mes joues. Puis je perçois un bruit métallique… Richard est en train de défaire sa ceinture.

Je veux crier pour que quelqu'un m'entende, mais seul un faible borborygme franchit mes lèvres tuméfiées.

Puis Richard saute sur moi et m'écrase la tête contre le matelas. Je peux à peine respirer. Il m'insulte. Par réflexe, j'essaye de me débattre en lançant mes bras vers l'arrière, mais je n'ai pas la force. Et soudain, je la sens… elle transperce mon corps avec toute la brutalité dont Richard est capable.

Il exulte de cette première pénétration animale comme tout bon mâle dominant qui se respecte, jouissant par avance du traitement qu'il m'inflige. Puis il entame ses va-et-vient sans retenue. Il me déchire un peu plus à chaque coup de reins. Je crie, je hurle. Je sens cette immonde horreur dévaster rageusement mes entrailles. Il maintient la pression sur ma tête, mes hurlements sont étouffés. Il augmente encore l'intensité de ses mouvements, chaque à-coup me fait plus mal que le précédent. La douleur est insoutenable. Je pleure de haine et de désespoir.

Je valdingue dans tous les sens sous le poids de mon violeur. Je suis inerte, marionnette démantibulée attendant que tout ça s'arrête. Que ce cauchemar se termine. Impuissante à contrer ses assauts, je suis soumise. Mes forces m'ont abandonnée.

Sur la table de chevet, une photo de Billy et moi…

22

J'arrive à peine à maintenir mes yeux ouverts. J'entends Richard qui se rhabille. Meurtrie, à plat ventre au bord du lit, un bras et une jambe dans le vide, ma main frôle la moquette. Je pousse des gémissements de douleur. Mon corps est détruit, tant à l'extérieur qu'à l'intérieur.

Je tends l'oreille : Richard discute avec Tony. Je devine la teneur de leurs propos : il est question de voiture, de casse, de disparition…

Parallèlement, je fais des mouvements de balancier avec mon avant-bras pour m'assurer que je suis toujours vivante, d'abord légers, puis plus amples. À ratisser ainsi la moquette, ma main finit par rencontrer quelque chose de dur. Je reconnais l'objet d'emblée : c'est la batte de base-ball de Billy. Je la prends en main et la serre fort. J'ouvre complètement les yeux et ne bouge pas. Une fois leur conversation terminée, Tony redescend.

Je sens le regard de Richard sur moi. Je gémis.

« T'inquiète, Tina… C'est bientôt fini… »

En riant, il s'assoit au bord du lit pour se chausser. Lentement, tout en continuant de gémir, je me laisse glisser par terre. Richard me regarde me traîner au sol comme une merde. Il se moque, il se marre, il se délecte. Puis il revient à ses chaussures.

De dessous le lit, je vois qu'il lace ses pompes en cuir. Grâce à la moquette, je parviens à me relever sans faire de bruit, puis, instinct de survie, j'arme mes bras, la batte de base-ball bien en mains. Richard se relève l'air de rien, défroisse sa chemise, enfile sa veste et se retourne. Une fraction de seconde, je peux voir son regard tétanisé.

Je lâche mes bras de toutes mes forces et la batte vient s'écraser contre sa tête. Sous la violence du choc, sa mâchoire se décale et une partie de ses dents vole. Il s'écroule net. Sans attendre, je me mets au-dessus de lui. La batte toujours en mains, je lève les deux bras le plus haut possible. Je serre les dents avec la plus grande rage. Je rassemble mes forces et frappe encore. Un cri animal sort de ma bouche. Un condensé de toute ma haine.

À l'impact, des fragments de son crâne s'éparpillent sur la moquette. Je lève de nouveau les bras et je frappe, frappe et frappe encore…

« Encuuuuulllléééé ! Espèce d'enculé ! »

Je crie en continuant de le rouer de coups. Ses pommettes éclatent, son visage se déforme à vue d'œil, mais je ne peux pas m'arrêter. Je le cogne avec une telle rage que j'entends craquer les os de ses jambes et de ses bras.

Épuisée, je finis par me calmer. Je n'arrive plus à reprendre mon souffle. Je m'appuie sur la batte couverte de morceaux de chair, de sang et de cheveux de ce salopard. Je l'observe gisant sur le sol. Tout son corps tremble. Puis je lève les yeux. Je titube de fatigue. Je suis un zombie. Soudain, j'entends la porte en bas.

« Richard ? »

Tony. J'ai dû faire trop de bruit.

« Richard ? Ça va ? »

N'obtenant pas de réponse, il monte les escaliers, je l'entends gravir les marches. J'ai un moment de panique, je ne sais pas quoi faire. La batte toujours en main, je vois alors, par terre, l'arme de Richard et me précipite dessus. Je la saisis et me cache au moment où Tony entre. Il voit son boss sur le sol et s'immobilise.

« Oh putain, Richard ! »

Puis il regarde autour de lui… rien. Et sur le lit, personne.

« Mais, bordel ! Elle est où cette conne ! »

Il avance vers le corps ensanglanté de son chef. Quand il entend un « clic » derrière lui, il comprend tout de suite et se fige.

« Tina, déconne pas… »

Il lève les mains.

« Écoute, Tina… »

Sans sommation, je lui tire en pleine tête et il s'effondre.

Je reste immobile dans cette chambre, au milieu de deux cadavres. Je suis entièrement couverte de sang. Par réflexe, je lâche la batte et le flingue. Je suis dans un état second.

Je fais un pas, et sous mes pieds, je sens comme des petits graviers. Je penche lentement la tête et regarde par terre… Je marche sur des bouts d'os et de dents pulvérisés.

Mes mains commencent à trembler. J'ai du mal à contrôler mes membres.

Parcourue de spasmes, je me dirige vers la salle de bains et allume. Le miroir me renvoie mon image. La vision est horrible : ecchymoses, coupures, plaies, un véritable patchwork morbide où le rouge domine. Je claque des dents, mais pas de froid. Je sens mes pieds glisser sur le carrelage. Je baisse la tête : ils baignent dans le sang. Je les bouge légèrement, ce qui me fait vaciller. Il n'en faut pas plus pour que je reprenne conscience. Prise de panique, je me retourne et explore ma chambre du regard. Mes yeux font des allers-retours comme s'ils cherchaient quelque chose. Mais je suis seulement affolée.

Dans un élan de survie, je rajuste ma tenue en grimaçant de douleur, enjambe les corps et me retrouve dans le couloir.

Complètement démantibulée, je descends laborieusement les escaliers et récupère les clefs de la voiture. Mais l'épuisement me rattrape, et je sors de la maison en marchant comme je peux. Mes pieds sont lourds, à chaque pas j'ai l'impression que je vais tomber. La Z4 est là, je monte et verrouille les portières.

Les mains sur le volant, je n'ose plus bouger. Les doigts tremblants, je mets le contact et la voiture démarre.

Mon regard croise le miroir de courtoisie. Je touche ma joue amochée. Je m'effondre et me mets à hurler…

Après avoir tenté d'essuyer mes larmes, je finis par embrayer la première et commence à rouler. Mes lèvres tremblent. Le poste est allumé, et Chris Isaak m'accompagne avec *Wicked Game*. Je monte le volume à fond. Je fais ça pour m'isoler. Mes yeux sont comme morts, vides. Je tapote le volant avec mes doigts, me synchronisant avec la chanson pour passer mes nerfs. Mon regard est maintenant violent. Malgré la musique, je distingue le grincement de mes dents. Puis, je fredonne, je me force à ne plus penser à ce qui vient de m'arriver…

Je roule sans but. Je ne regarde pas la route. Sous le coup de la fatigue et de l'émotion, je suis complètement déconnectée.

Brusquement, je change de station radio pour écouter les dernières informations concernant le match.

« Non ! Billy !!… »

Mon corps me lâche. Je m'effondre.

Je m'évanouis.

*

J'ouvre les yeux d'un coup…

En face de moi, le flic et le docteur. Aucun d'eux ne parle.

White, stylo à la main, est bouche bée. Il semble complètement estomaqué par ce qu'il vient d'entendre.

Mon regard se porte sur le docteur, et ses yeux en disent long. Les deux hommes n'ont pas l'air bien, comme s'ils souffraient pour moi de ce qu'ils venaient d'apprendre.

Tout à coup, je me mets à trembler de tout mon être et à hurler.

Je me recroqueville. Mes ongles griffent sauvagement mon entrejambe, je veux m'arracher cette partie de moi, effacer ce drame, l'éradiquer…

Le docteur se précipite vers moi et me prend les mains pour éviter que je me blesse plus que je ne le suis déjà. Il me serre de toutes ses forces et tente de me calmer.

Pendant des heures, je pleure.

23

Les jours suivants, je les passe à pleurer et à me laver. Systématiquement, les infirmières m'accompagnent dans la douche de peur que je ne m'esquinte encore plus. Je me frotte tellement l'entrejambe que je me fais saigner à chaque fois... Mais j'ai beau me laver, je sens toujours sur moi la puanteur de Richard ; son odeur corporelle me remonte dans les narines comme les effluves de merde des égouts.

Je suis gavée de médicaments, je cauchemarde toutes les nuits. Je ne mange plus, ne dors pratiquement plus. Billy n'est plus là et je reste seule dans ce monde de barbares, marquée au fer rouge par la pire des saloperies humaines.

Tous les matins, les infirmières me font marcher dans le couloir. Tous les jours, je peux entendre les gémissements de patients à l'agonie, proche de la mort ou qui la souhaitent pour ne plus endurer leur souffrance. Je suis devenue comme eux.

À chaque changement de pansement, je touche mes cicatrices et je tremble de froid. Au fond de moi, je suis morte, ma vie s'est arrêtée à l'instant où Billy à rendu son dernier souffle, aussi radical que le tranchant d'une guillotine.

Le docteur vient me voir tous les jours ; je pense qu'inconsciemment, je m'accroche à lui dans l'espoir qu'il trouve une solution à ma souffrance...

Ce matin, il revient avec le lieutenant White pour m'expliquer la suite de la procédure. Pour la première fois, il ressort un côté humain chez ce flic :

« Écoutez, Tina... je reviendrai vers vous une fois que vous commencerez à vous remettre sur pied. Par contre, plusieurs enquêtes sont en cours : d'abord, concernant la mort de Billy, car en plus des chocs subis, le légiste a trouvé des traces de drogue, dont une grosse dose absorbée peu de temps avant son décès. »

Le regard figé, je réponds au lieutenant de manière automatique :

« Richard, quelques jours avant le match, lui a donné quelque chose. Et chez moi, quand il a eu Billy au téléphone, il lui a dit de ne pas oublier de prendre je ne sais quoi…

– Nous avons en effet retrouvé une boîte de médicaments dans la table de nuit, sûrement celle qui apparaissait dans votre rêve en permanence… Nous n'en sommes pas certains, mais il semble que les molécules de ce cachet influent sur le flux sanguin. Et lorsque Billy a fait son hémorragie… »

Le docteur me regarde, mais ne dit pas un mot. Le lieutenant poursuit :

« Par ailleurs, pour l'affaire du garde forestier et du clochard, qui sont toujours considérés disparus à ce jour, vous serez interrogée à nouveau à ce sujet. Et, en parallèle, une autre enquête a été ouverte vous concernant : pour agression avec coups et blessures… »

Le lieutenant se racle la gorge.

« … viol, et tentative de meurtre. Il est évident que la légitime défense, dans cette affaire, plaidera en votre faveur.

– Vous saviez ! dis-je soudain.

– Comment ?

– Depuis le début, vous saviez… puisque les corps de Richard et Tony étaient encore chez moi. »

White soupire :

« Lorsque la police est arrivée chez vous, en effet, ils ont découvert le massacre dans votre chambre, et je me suis rendu sur place. Par la suite, à votre réveil, j'étais parti pour vous interroger, mais le docteur a préconisé un mode opérationnel différent étant donné vos troubles lors de votre réveil. Lorsque j'ai perdu patience, j'ai bien tenté de vous aiguiller, j'ai voulu tout vous dire, mais le docteur m'a retenu et je n'ai évoqué que cette histoire de traces de sang dans votre chambre. Je me disais que cela allait probablement réveiller vos souvenirs. Mais non… rien.

« Donc oui, nous savions pour Richard et Tony, mais nous n'avions aucune idée de ce qu'il s'était réellement passé. Vos empreintes, comme celles de Richard, étaient sur l'arme avec laquelle vous avez tiré sur Tony. Sur la batte, seules les vôtres étaient présentes. Lorsque mes collègues sont revenus à l'hôpital, ils ont aussi trouvé le sang de Richard et de Tony sur vos vêtements, ainsi que des traces de poudre. Mais à cause de votre état, vous étiez dans l'incapacité de nous éclairer quant au déroulement des événements. Votre accident de voiture a été l'écran de fumée qui cachait les blessures infligées par Richard. Vous avez été opérée rapidement après votre arrivée, personne n'a pu déceler que vous aviez été violée… À cela s'ajoutait cette histoire de passeport, dans la boîte à gants, au nom de Maria Thomson. Ça aussi, je vous l'ai caché, au vu de vos troubles psychologiques. »

Le docteur enchaîne :

« Au fil de vos rêves, on s'apercevait bien que vos souvenirs revenaient petit à petit. Mais votre traumatisme était tellement important… vous étiez persuadée d'être Billy…

– Je comprends mieux, maintenant, pourquoi mon esprit fuyait la vérité : je fuyais ce que Richard m'a fait subir. La vérité a toujours été présente et a tenté d'apparaître devant moi. Mais j'ai toujours refusé de la voir. J'avais des flashs de mes pieds glissant sur le sol de la salle de bains, de ces soi-disant gravillons que je sentais sur la moquette de ma chambre… tout… tout était là depuis le début… mais mon inconscient m'empêchait de les voir…

– Vous vous protégiez, Tina, tout simplement. Vous avez tellement souffert que votre subconscient a fait barrière pour occulter toute cette violence, qu'elle soit physique ou psychique… Votre esprit, avec votre accident, a trouvé le moyen de vous préserver de vos mauvais souvenirs. »

Dans mon lit, je me retourne vers la fenêtre, tournant le dos aux deux hommes. Ils comprennent qu'il faut me laisser.

« Bien… je vais y aller. Reposez-vous, Tina, je reviendrai vers vous plus tard. »

Le lieutenant sort, accompagné du docteur.

Je fixe cette putain de fenêtre avec pour seule envie celle de me jeter au travers.

24

Les infirmières me font faire les cent pas dans les couloirs. Je marche de mieux en mieux, mais ce n'est pas pour autant que ma haine et mes douleurs diminuent. Encore une fois, je passe devant la chambre voisine dont le patient ne cesse de gémir.

Je regarde la jeune femme qui me tient le bras et lui pose la question qui me taraude depuis un moment :

« Ils sont tous comme ça, ici ?

– Non, pas tous… heureusement.

– Je ne sais pas comment vous faites pour bosser dans de telles conditions, entre ceux qui sont à l'article de la mort et les dégénérés comme moi qui ne souhaitent que se foutre en l'air… »

Elle sourit, mais ne répond pas. Je suis devenue odieuse et méprisante. J'arrête de marcher et me tourne vers elle :

« Écoutez, laissez-moi. Je préfère marcher toute seule. C'est bon, je peux me débrouiller. Et vous avez mieux à faire que me suivre bêtement ! Occupez-vous des personnes qui en ont réellement besoin. »

Elle hésite.

« Promis, je ne vais pas me couper les veines dans les toilettes de l'étage ! dis-je en souriant.

– Vous êtes sûre ?

– Oui, je suis sûre… Et moi et mon pote le pied à perfusion, on a des tas de trucs à se raconter ! »

À ce moment précis, on entend de nouveau ce malade gémir de douleur.

« Allez le voir, lui… je pense qu'il mérite davantage votre aide !

– D'accord, mais n'hésitez pas à m'appeler si besoin.

– Ça marche. »

Je regarde l'infirmière entrer dans la chambre du patient et soupire : mon côté humain vient de réapparaître.

Je continue ma marche jusqu'à l'autre aile du bâtiment. Puis je fais demi-tour. Bouger me fait du bien et me permet de ne penser à rien.

En retournant vers ma chambre, je passe de nouveau devant celle du malade qui braille constamment. La porte est ouverte. Je m'arrête et l'observe. Il est bandé de la tête aux pieds, a des perfusions dans chaque bras, des tuyaux partout. Bref, un vrai légume. Je ne donne pas cher de sa vie. En me comparant à lui, on pourrait dire que je suis chanceuse, mais, je n'en suis vraiment pas certaine… Vivante en apparence, mais morte pour toujours à l'intérieur…

Je le regarde d'un air attristé. Je me dis qu'on ferait mieux de le débrancher plutôt que de le laisser souffrir ainsi. Par moments, son corps a des sursauts nerveux. Il fait tomber la paille lui permettant de boire.

Je suis sur le point de partir, mais je reste, me disant que la seule chose que ce gars peut encore faire seul, c'est boire, que le seul objet qui lui permet encore de se sentir vivant, c'est cette paille. Alors, j'entre dans sa chambre et la ramasse.

L'homme est bandé comme les grands brûlés.

J'essaie de replacer la paille dans sa bouche, mais elle reste fermée.

« Allez, prends-la ! »

Je lui parle comme s'il pouvait m'entendre. Je force pour la coincer entre ses lèvres.

Le type sursaute. Surprise, j'ai un mouvement de recul instinctif. Ce faisant, je me prends les pieds dans mon mât à perfusion et me rattrape de justesse au petit meuble près du lit. Il se renverse et je finis ma course le cul par terre, cernée par toutes les affaires qu'il contenait.

Et merde ! Il m'a fait peur, cet abruti... pfff... ça m'apprendra à vouloir être sympa !

Je me relève doucement.

Je redresse la table de nuit et commence à ramasser ses affaires. Un passeport a glissé sous le lit. Ce doit être le sien, il devait se trouver dans le tiroir. Je m'accroupis et tends la main pour l'attraper.

Pliée en deux, j'ai mal. Je grince des dents… je le frôle.

« Allez ! »

J'étire un peu plus mon bras et parviens à le coincer entre mes doigts. Soulagée d'avoir réussi, je ramène le passeport vers moi. Assise au sol, fatiguée par l'effort fourni, je reprends mon souffle, puis, discrètement, ouvre le petit livret et regarde le nom du gars et sa photo.

Un cri m'échappe et mon cœur s'emballe. Je me mets à reculer et me cogne la tête contre le mur.

Je suffoque. Je pose une main sur ma poitrine, je tente de me calmer. La bouche grande ouverte, je cherche à happer l'air comme un poisson hors de l'eau. J'ai la sensation d'étouffer. Ma tête tourne. *Non ! Non ! Non !...* J'ai les jambes coupées, je me mets à ramper. Je tire sur le tuyau de ma perfusion pour rapprocher le mât en ne quittant pas des yeux le lit. Puis, difficilement, je me relève.

Non ! Non ! Non !... Ce n'est pas possible...

J'ai repris mon souffle. J'en ai les larmes aux yeux… J'avance lentement en pleurant.

Le passeport est par terre.

Peut-être que j'ai mal vu, peut-être que j'ai mal lu, peut-être que mon cerveau me joue des tours…

Alors, je m'accroupis de nouveau. Toujours en fixant le lit, je palpe le sol pour attraper le passeport. Je finis par baisser les yeux et le saisis. Puis je recule. Lentement, je l'ouvre…

Et je me crispe. Je ne me suis pas trompée… il est écrit : « *Mickael Thomson* ». Avec la sale gueule de Richard.

Des flashs resurgissent dans ma tête.

Sans m'en rendre compte, je pose mes mains sur mon entrejambe, comme pour me protéger. Suivent des coups de tonnerre : je revis l'agression, la bestialité de Richard, je sens sa puanteur. J'entends sa voix immonde tout près de mon oreille alors qu'il me viole.

... t'aime ça, hein, salope !

J'ai envie de vomir et des frissons parcourent mon corps.

... t'en veux encore, hein ?...

Je m'affaisse sur le lino en me tenant la poitrine.

Soudain, je pense à Billy… et je relève la tête, les yeux pleins de rage. Mon regard et ma respiration viennent de changer.

Une main crispée sur le mât de ma perfusion, j'avance de nouveau vers Richard, qui n'arrête pas de gémir. Je peux voir ses yeux, la seule chose me permettant de l'identifier. Je les reconnaîtrais entre mille.

« Espèce d'enculé ! » dis-je en serrant les dents.

Sans réfléchir, je saisis fermement à deux mains mon pied à perfusion et commence à le soulever. Ma mâchoire est crispée… Je souffle tellement fort que de la bave coule sur mon menton.

« Ça, c'est pour Billy, sale fils de pute ! »

Je relève un peu plus mes bras pour pouvoir le frapper avec plus de force.

« NON !!!!! » hurle soudain le docteur dans mon dos alors que je suis sur le point d'asséner le coup fatal.

Je me fige.

« Noooon ! Tina, ne faites pas ça ! Je vous en prie ! »

Je reste immobile, les bras en l'air, avec la volonté d'exploser la face de Richard. Je grince des dents à les briser.

« Tina… s'il vous plaît…

– POURQUOI ?

– Vous n'avez pas besoin… vous n'avez plus besoin de le faire…

– Ce sale fils de pute m'a violée, tabassée… Il voulait me buter, et à cause de lui, Billy est mort !

– Je sais, je sais… mais regardez… Regardez-le ! »

Richard geint toujours.

« Son corps n'est que douleur… regardez-le, Tina… tout est fini. Il restera comme ça le restant de sa vie, s'il survit. Il a subi de multiples opérations. Son crâne a été refait avec des plaques de métal. Il se fait dessus. Sa seule capacité est de respirer sans aide et d'avaler… Et encore, pour finir par se vomir dessus… Il ne peut plus parler ni marcher… Il n'est plus qu'une coquille vide… »

Je n'entends plus que ma respiration. Je fixe Richard. Ma haine ne descend pas. Je suis toujours immobile, à me demander si je dois l'achever ou pas.

Le Dr Borg me parle avec douceur et met sa main sur mon pied à perfusion. Je ne réagis pas. Il accompagne mes bras vers le bas. Mes forces me lâchent et je finis par baisser mon arme de fortune. Puis j'éclate en sanglots. Le docteur me rattrape juste avant que je ne m'écroule au sol.

Il me ramène dans ma chambre.

« Pourquoi ? Pourquoi m'avoir caché ça ?

– Écoutez, tout est allé si vite ! Votre arrivée, celle de Billy… nous devions vous sauver. Ensuite, la police a débarqué avec Richard dans un état pitoyable et un autre homme, Tony, mort par balle, tous deux retrouvés dans votre chambre. Nous ne savions pas ce qui s'était passé. À votre réveil, ma seule préoccupation était que vous ayez le moins de traumatismes possible. Nous n'avions aucune idée du déroulé des événements. Et quand vous êtes revenue à vous, vous pensiez être Billy, nous ne pouvions pas vous déballer les choses telles qu'elles étaient. Concernant Richard, ses chances de survie sont minimes. Et lorsque vos souvenirs sont revenus et que nous avons découvert, nous aussi, la vérité, il ne nous a pas semblé nécessaire de vous en parler.

– Et vous comptiez me cacher encore longtemps que Richard était en vie ?

– Non, évidemment que non. Mais avec le lieutenant White, nous nous sommes dit que cela pouvait attendre un peu. Vous étiez trop fragile et fatiguée pour vous annoncer ça…

– Et vous pensez que maintenant je me sens comment ?

– Je suis sincèrement désolé… Il n'était pas prévu que vous alliez dans cette chambre, je…

– Et dire que j'ai touché sa bouche, que j'ai voulu l'aider pour qu'il puisse boire et manger !… Je vais le tuer ce salaud, ce fils de pute !

– Et je pense que vous en êtes capable… Je vais rappeler le lieutenant White. »

Quelques heures plus tard, un policier est en faction devant la chambre de Richard. Les consignes sont claires : interdiction pour moi de l'approcher.

25

Les jours défilent et je ne fais que ruminer la violence qui est en moi. J'ai beau prendre des tranquillisants, il n'y a rien à faire. Je suis toujours prise entre mon amour pour Billy et mes souvenirs, mon corps et mon âme meurtris par cette espèce d'enfoiré de Richard. Je n'arrive plus à me regarder dans la glace. Tous les soirs, on me donne des somnifères. Des traitements de cheval. Avec ça, je ne peux que m'écrouler, et pas d'inquiétude que je me lève en pleine nuit pour tenter quoi que ce soit.

La seule chose qui apaise ma nervosité est ce petit flacon de médicaments vide que je fais rouler sur lui-même. Je passe ainsi mes journées à le manipuler en réfléchissant, en ressassant. J'ai beau l'avoir déjà regardé sous tous les angles, je n'ai jusqu'à présent pas prêté attention au nom inscrit dessus : Maria Thomson.

J'intercepte une infirmière et lui demande pourquoi ce nom, et pas celui de Tina Miller.

« Le soir où vous êtes arrivée, m'explique-t-elle, votre seule identité était Maria Thomson, celle de votre passeport.

– Je me souviens, j'avais mis ce fichu passeport dans la boîte à gants…

– Et donc, nous avons enregistré votre entrée sous ce nom. Et c'est aussi ce nom qui a été donné à la pharmacie de l'hôpital. Par la suite, tout est rentré dans l'ordre, et votre dossier a été rectifié au nom de Tina Miller. Seuls les premiers médicaments ont été édités à ce nom. Voulez-vous que je le jette ?

– Non… Je… je vais le garder. »

Quelques minutes après que l'infirmière est partie, je regarde à l'intérieur du tiroir de ma table de nuit. Je constate la présence de ce foutu passeport. Je le prends et l'ouvre. Ma photo est associée au nom de Maria Thomson.

Je lève les yeux et les pose de nouveau sur le flacon vide…

26

Il est 21 heures, l'infirmière m'apporte mon cachet pour dormir avec un verre d'eau. Chaque soir, c'est le même rituel. Et comme tous les soirs depuis plusieurs jours, quand elle ressort, j'ouvre le flacon et y recrache ce foutu cachet. Au lieu de se vider, il se remplit de somnifères surpuissants. Et comme tous les soirs vers 22 h 30, elle passe vérifier que je suis bien dans les bras de Morphée. Évidemment, je simule de gros ronflements, enfouie sous mes draps. Dès qu'elle quitte ma chambre, je me relève et observe le couloir, ainsi que ce flic… Ce dernier a un gros penchant pour cette infirmière de garde. Et comme tous les soirs où elle travaille, à 23 h 30, il quitte son poste pour descendre à la cafeteria boire un café avec elle.

Il est 23 h 25. Je récupère mon passeport et le flacon avec les somnifères, puis je retire l'aiguille de ma perfusion. J'ai encore du mal à marcher correctement, je suis toujours fragile, mais je ne peux pas me trimballer avec mon attirail sans risquer de me faire remarquer.

Je guette l'heure et surveille le couloir.

Réglés comme une horloge, ils prennent leur pause tous les deux. Je m'appuie contre le mur et souffle pour me donner du courage… Après une grande inspiration, je sors de ma chambre et longe le couloir en direction de celle de Richard. Régulièrement, je jette un œil par-dessus mon épaule pour être sûre de ne pas être vue.

Arrivée devant *sa* porte, j'entre et referme derrière moi. Des spasmes d'angoisse m'envahissent dès que j'entends ce type pousser ses gémissements. Il me révulse.

Puis, sans perdre de temps, je me dirige vers sa table de nuit. Tout en jetant des regards à Richard, j'ouvre le tiroir. Son passeport au nom de Mickael Thomson est là. Dans la couverture arrière, cachés dans la petite fente, les codes des comptes bancaires.

« Hé ! »

Je secoue Richard.

« Hé, connard !

– Mhhhhh…

– "Mhhhhh", c'est tout ce que tu peux dire ? Je t'ai bien démoli ta petite gueule, hein ! »

Je tape sur mon violeur tout en lui parlant. Je sais qu'il ne peut pas répondre et je doute même qu'il me comprenne… Mais ça me défoule.

« Alors, regarde ça, maintenant ! »

Je plante son passeport devant ses yeux.

« Alors, pauvre con, tu ne pensais qu'à me violer, hein ? »

Je saisis fermement sa mâchoire. Les bandages le protègent un peu. Je serre plus fort. Ce connard geint de douleur.

« Mais pendant que tu prenais ton pied avec moi, t'as juste oublié de faire quelque chose… tes putains de virements ! T'as pas eu le temps ! L'argent est toujours sur le compte de la banque Millwood… alors maintenant, c'est moi qui vais récupérer ton putain de fric ! Mais avant, je vais te faire un petit cadeau… »

J'entends du bruit dans le couloir, je dois faire vite.

Alors, je sors les médicaments et le regarde. La momie est inerte, seules ses paupières se ferment et s'ouvrent nerveusement ; réflexe involontaire ou volontaire ? Il se bave dessus chaque fois qu'un son sort de sa bouche. Je n'ai plus beaucoup de temps. Je ferme les yeux, prends une grande inspiration et repense à Billy…

Épilogue

Quelques minutes plus tard, je ressors de la chambre. Personne dans le couloir. J'accélère le pas comme je peux. Lorsque je passe devant le local du service, je récupère une tenue d'infirmière : c'est plus pratique pour circuler que cette blouse d'hôpital.

Je prends l'ascenseur et me retrouve dans le hall d'accueil. Cet établissement est l'un des plus grands ; malgré tout, à cette heure, il y a peu de monde. Discrètement, je me dirige vers la sortie.

Bizarrement, j'ai un sentiment de déjà-vu. Puis je me souviens de mes rêves où, à plusieurs reprises, j'ai tenté de m'échapper.

Sans m'attarder, je sors. Je cherche dans toutes les directions et vois un taxi un peu plus loin. Il est seul au coin de la rue. De la fumée sort de son pot d'échappement et sa lumière fonctionne : il est en service. Je marche le plus rapidement possible et saute dedans. Une fois à l'intérieur, je reprends mon souffle. Je suis épuisée.

« Allez-y, roulez !

– Et on va où ? »

Il fait sombre dans la cabine du chauffeur, je le distingue à peine.

« On passe chez moi avant, ensuite…

– Ensuite ?

– Ensuite, direction l'aéroport… »

La tête baissée, je suis à la fois fatiguée et perdue dans mes pensées.

« Très bien. Et c'est quoi, votre adresse ?

– 598, Bascom Street, Chantilly.

– Ça me parle, cette adresse, j'y suis déjà allé… »

Je lève brusquement les yeux en direction du conducteur.

« Ah bon ?

– Ouais, ça me parle, je crois bien que j'ai emmené un gars là-bas. Il était bizarre, d'ailleurs… »

Un début de panique me gagne.

« … Ça vous dit un peu de musique, en cette nuit douce ? »

Sans attendre ma réponse, il commence à rouler et allume sa radio :

... Don't you blame it on I, I tell ya
Don't you blame it on RASTAFARI...

Cette fois, je panique vraiment :

« C'est The Congos !?

– Comment ?

– Le groupe qui chante, c'est The Congos ?

– Exact ! Vous savez, il n'y en a pas beaucoup qui connaissent cette musique.

– Arrêtez-vous !

– Quoi ?

– Arrêtez-vous, je vous dis ! »

Le taxi s'immobilise.

Je respire fort, beaucoup trop fort. Je fais une crise d'angoisse.

« Ça ne va pas ? demande le chauffeur.

– Retournez-vous ! Retournez-vous, s'il vous plaît, et dites-moi… dites-moi ce que vous voyez… »

Je me mets à pleurer, mes nerfs me lâchent, je repense à tout ce temps passé dans cet hôpital, mes rêves, mes hallucinations, mes souvenirs, mes cauchemars, Billy…

« S'il vous plaît, aidez-moi, je vous en supplie ! »

Le gars se retourne, mais avec la pénombre, je ne le vois pas nettement. Il allume son plafonnier.

Un cri m'échappe. Mes sanglots redoublent. Le chauffeur est un black, un rasta. Il est vieux, beaucoup plus vieux que celui de mon rêve. Mais on dirait sa copie conforme.

« Je deviens complètement folle… »

Impossible d'arrêter mes larmes. Le gars m'observe sans comprendre.

« Calmez-vous, arrêtez de pleurer… »

Il essaye de me réconforter.

« Dites-moi ce que vous voyez… s'il vous plaît, dites-moi si vous voyez… un homme ou une femme… »

Le chauffeur se penche légèrement dans ma direction et me parle doucement, comme le ferait le docteur.

« Je vois… une personne fragile, remplie de peine et qui ne mérite pas de pleurer. »

De sa main, avec une grande délicatesse, il essuie mes larmes.

Puis il me fait un immense sourire que je lui rends, par réflexe ou par honte.

« Voilà qui est mieux… L'important n'est pas de savoir ce que je vois, mais que vous sachiez qui vous êtes…

– C'est bien ça, le problème, je ne sais plus…

– Ohhhh ! croyez-moi, on le sait toujours, même si parfois, on en doute. Souvent, au premier regard, les choses n'apparaissent pas nécessairement telles qu'elles sont, mais si on creuse un peu… Rassurez-vous, on n'oublie jamais qui l'on est… Je vais toujours chez vous ? »

Tout en séchant mes larmes, je fais un petit signe de la tête pour lui dire oui. Je réfléchis et prends le temps de respirer. Est-ce que je deviens folle ? Est-ce que je perds pied entre la réalité et mes rêves ? Puis les mots du chauffeur me reviennent à l'esprit : ... *que vous sachiez qui vous êtes.*

Dans ma poche, je sens le flacon de somnifères. Il est encore plein. Je repense à Richard et à mon envie de le tuer, de mettre ces cachets dans son verre et de le laisser crever à petit feu.

Dans une meute de chiens affamés, le plus faible se fait dévorer par les autres. Sans aucune pitié ni aucun sentiment. Si j'avais donné ces médicaments à Richard, alors, je n'aurais pas valu mieux que lui. Et j'en aurais été réduite au simple rang d'animal, avec son instinct primaire.

Je me sens bien dans ce taxi. Rassurée, en sécurité avec mon chauffeur. Sa voix est rauque et apaisante. De temps à autre, il jette un regard dans son rétroviseur pour vérifier que je ne tourne pas de l'œil. Il veille sur moi comme un ange gardien. Si je devais répondre à sa question de savoir qui je suis… je répondrais d'abord que je suis humaine. Et que je souhaite garder mon âme en moi.

On roule en direction de la maison. Je me laisse bercer par les ronronnements de la voiture et les imperfections de la route. Nous écoutons cette musique des Congos. Elle est entraînante, joyeuse. Pour la première fois depuis longtemps, je lâche un petit sourire de bien-être. Je suis comme dans un cocon, dans mon élément.

Soudain, j'ai comme un doute, et je souris de nouveau. Mais pas pour les mêmes raisons. Tout coïncide.

Comme ça a été le cas au tout début de cette sordide histoire, je me revois m'échapper de l'hôpital comme si de rien n'était, sans encombre, pour me retrouver dans ce taxi dont le chauffeur ressemble étrangement à de celui de mes rêves… et cette musique…

Et si j'étais encore dans un rêve ? Et si j'étais en train d'en fabriquer un nouveau, « refuge » qui, depuis le début, me permet de m'échapper ? De fuir ma vie, de fuir l'horrible réalité que j'ai vécue ?

Je fixe de nouveau le flacon.

Et si, tout simplement, j'avais mis fin à mes jours ? Et si j'avais pris conscience de ce qu'allait être ma vie sans Billy ? Et si j'avais décidé d'avaler ces cachets pour en finir après ce que j'ai subi ?

Billy, mon amour... Ne suis-je pas simplement dans mon lit, sur le point de m'endormir ? Ce taxi n'est-il pas en train de m'emmener te rejoindre ? Oh ! mon amour, peut-être que je n'aurais jamais dû sortir vivante de cette voiture... Nous serions sûrement tous les deux ici, dans ce taxi.

La main sur mon cœur, les larmes me montent de nouveau.

« Il ne faut pas pleurer, vous savez…

– Vous n'avez toujours pas répondu à ma question de tout à l'heure…

– Qu'est-ce que vous aimeriez entendre, comme réponse ?

– La vérité…

– Alors, je vois une femme magnifique, mais au cœur brisé… »

Je souris.

« Ah ! voilà qui est mieux !

– Et vous avez un remède pour les cœurs brisés ?

– Oh ! oui… moi, je profiterais de la vie ! Dans la vie, chacun est libre de faire ce qu'il veut, libre d'aller où bon lui semble… Chacun est garant de son devenir.

– Mais est-on dans la vraie vie, comme vous dites ? Sommes-nous réellement ici, tous les deux ?

– Si je ne suis pas réel, alors ça veut dire que je fais partie de votre imagination…

– Je ne sais plus, je suis perdue…

– Moi, ce que je sais, c'est que je suis ici, dans ce taxi, avec vous, et que je peux vous emmener où vous le souhaitez.

– Alors, emmenez-moi loin d'ici, loin de ce monde.

– Très bien… Accrochez votre ceinture, ce serait dommage de perdre la vie bêtement ! »

Je boucle ma ceinture et appuie ma tête contre la vitre. Le chauffeur change de station radio. La voix de Chris Isaak résonne dans l'habitacle, *Blue Hotel*.

Je souris de nouveau et pense à Billy.

Je regarde défiler les lumières des lampadaires. Chaque fois que nous en dépassons un, je perçois une sorte de vibration, un ronronnement.

... *Vvvrrr vvvrrr vvvrrr*...

Il commence à pleuvoir. Les gouttes ruissellent sur la vitre. Je suis fatiguée. Je ferme les yeux et me laisse transporter. La voiture prend la direction d'une route sans fin. Un nouveau chemin s'ouvre à moi. Ma respiration devient de plus en plus lente, plus posée. Je suis bien.

Pour la première fois depuis longtemps, j'ai de nouveau cette sensation…

Vivre.

Remerciements de l'auteur

Comme d'habitude, je vais commencer par remercier les personnes qui me permettent de continuer cette aventure extraordinaire : **Joël** et **Patricia** des éditions Taurnada. Un travail en équipe. Une famille. Une collaboration unique et intime. Qui, pour moi, passe au-delà du professionnel.

Faire partie de la *team* Taurnada est un privilège et un honneur.

Ce livre est passé entre les mains de 3 bêta-lectrices : **Sandrine Baligand**, **Sandrine Durochat** et **Ophélie Cohen**. 3 lectrices, 3 domaines : médical, juridique et policier… Avoir des idées est essentiel, mais les rendre le plus crédible possible, au plus proche de la réalité, en est une autre. Que les corrections sont compliquées !… surtout pour moi. Je ne remercierai jamais assez mes bêta-lectrices pour leur temps, leur énergie et leur gentillesse. MERCI !

Naturellement, tout le monde connaît ma « passion » pour la grammaire, la concordance des temps, la syntaxe… et autres détails mineurs de notre belle langue française. Je remercie **Marina** et **Sonja** que j'embrasse très fort !

Ma plus grande pensée reste pour ma famille et naturellement, mon fils Ethan, qui dit que son papa a deux métiers : les trains, et écrire des histoires et vendre des livres !

Écrire est un loisir, un exutoire, une part de soi. Dans mes histoires j'avoue me téléporter, pour ne pas dire me transcender pour vous faire vivre et partager des émotions, un scénario, de nouveaux personnages… ouvrir une frontière avec le réel. Sachez ne pas rester les deux pieds ancrés dans la réalité, lire un livre reste avant tout, un moment d'évasion. J'écris des thrillers… juste des thrillers.

Merci à tous,
la bizzzzz
Xavier

COLLECTION
LE TOURBILLON DES MOTS

Isabelle Villain	*De l'or et des larmes*
Magali Collet	*Les Yeux d'Iris*
Estelle Tharreau	*Les Eaux noires*
Christian Guillerme	*Transaction*
David Ruiz Martin	*Seule la haine*
Noël Boudou	*Et pour le pire*
Christophe Royer	*Une Arête dans la gorge*
Isabelle Villain	*À pas de loup*
Xavier Massé	*Némésis*
Estelle Tharreau	*La Peine du bourreau*
Mehdy Brunet	*Goliat*
Christian Guillerme	*Urbex Sed Lex*
Magali Collet	*La Cave aux poupées*
Tito Desforges	*La Machine à brouillard*
Isabelle Villain	*Blessures invisibles*
Noël Boudou	*Benzos*
Christophe Royer	*Lésions intimes*
Xavier Massé	*L'Inconnue de l'équation*
Gaëlle Perrin-Guillet	*Haut le chœur*
Estelle Tharreau	*Mon ombre assassine*
Isabelle Villain	*Mauvais genre*
Éric Oliva	*Le Vase rose*
Mehdy Brunet	*Le Fruit de ma colère*
Estelle Tharreau	*De la terre dans la bouche*
Estelle Tharreau	*L'Impasse*
Estelle Tharreau	*Orages*
Florent Marotta	*Le Visage de Satan*
Mehdy Brunet	*Sans raison*
Éric Lange	*Le Sauveteur de touristes*
Noémi Krynen	*Sang blanc*
Franck Villemaud	*Palissade*
Christian Laurella	*Sortie noire*
Jean-Baptiste Dethieux	*Renaissance*

COLLECTION
L'OMBRE DES MOTS

Jean-Marc Dhainaut	*L'Œil du chaos*
Jean-Marc Dhainaut	*Les Couloirs démoniaques*
Jean-Marc Dhainaut	*Les Galeries hurlantes*
Jean-Marc Dhainaut	*Les Prières de sang*
Jean-Marc Dhainaut	*La Maison bleu horizon*

Cet ouvrage a été imprimé par

Novoprint

Achevé d'imprimer en janvier 2022

Taurnada Éditions
38, chemin du Candéou
06530 Peymeinade

www.taurnada.fr

Dépôt légal : février 2022
ISBN : 978-2-37258-098-4

Imprimé en Espagne